U0505229

Annie Ernaux

La Vie extérieure
Annie Ernaux

外面的生活

著

[法] 安妮·埃尔诺

译

马利红

上海人民出版社

作者简介：

　　安妮·埃尔诺出生于法国利勒博纳，在诺曼底的伊沃托度过青年时代。持有现代文学国家教师资格证，曾在安纳西、蓬图瓦兹和国家远程教育中心教书。她住在瓦兹谷地区的塞尔吉。2022 年获诺贝尔文学奖。

译者简介：

　　马利红，广东外语外贸大学西语学院法语系博士，现为暨南大学外国语学院法语系副教授。主要研究方向为法国文学、文论，著有《法国副文学流派研究》，译有《副文学导论》等作品。

"安妮·埃尔诺作品集" 中文版序言

当我二十岁开始写作时，我认为文学的目的是改变现实的样貌，剥离其物质层面的东西，无论如何都不应该写人们所经历过的事情。比如，那时我认为我的家庭环境和我父母作为咖啡杂货店店主的职业，以及我所居住的平民街区的生活，都是"低于文学"的。同样，与我的身体和我作为一个女孩的经历（两年前遭受的一次性暴力）有关的一切，在我看来，如果没有得到升华，它们是不能进入文学的。然而，用我的第一部作品作为尝试，我失败了，它被出版商拒绝。有时我会想：幸好是这样。因为十年后，我对文学的看法已经不一样了。这是因为在此期间，我撞击到了现实。地下堕胎的现实，我负责家务、照顾两个孩子和从事一份教师工作的婚姻生活的现实，学识使我与之疏远的父亲的突然死亡的现实。我发觉，写作对我来说只能是这样：通过我所经历的，或者我在周遭世界所生活的和观察到的，把现实揭露出来。第一人称，"我"，自然而然地作为一种工具出现，它能够锻造记忆，捕捉和展现我们生活中难以察觉的东西。这个冒着风险说出一切的"我"，除了理解和分享之外，没有其他的顾虑。

我所写的书都是这种愿望的结果——把个体和私密的东西转化为一种可知可感的实体，可以让他人理解。这些书以不同的形式潜入身体、爱的激情、社会的羞耻、疾病、亲人的死亡这些共同经验中。与此同时，它们寻求改变社会和文化上的等级差异，质疑男性目光对世界的统治。通过这种方式，它们有助于实现我自己对文学的期许：带来更多的认知和更多的自由。

安妮·埃尔诺

2023 年 2 月

目　录

1993 年

4 月 3 日

在巴黎全区快速铁路网 [1] 的塞尔吉-省府站，上来三个女孩，一个男孩。男孩穿着牛仔裤，膝盖处撕裂着口子，戴着一条末端有吊坠的链子。其中一个女孩对另一个女孩说："你闻着香香的。——是迷你柔 [2] 的味道。"男孩说："雷诺 [3] 出演《萌芽》。"一个女孩说："哦，就一部电影而已。"男孩辩驳说："我超爱雷诺和左拉，所以……"他们要去维珍 [4]。

这是星期六的区域快铁，有成群的年轻人和许多家庭去往巴黎。计划和欲望写在脸上、身上，氛围感满满，人们敏捷地落座、起身。拉德芳斯空空荡荡。人们在星形广场、奥贝、中央市场站下车，那边音乐已经很迎人了。

晚上，从巴黎回来。一对夫妻带着两个孩子。小男孩一坐下很快就睡着了，嘴巴紧闭着，样子显得很老。小女孩，五六岁，金发碧眼，戴着眼镜，到处走动不停。她穿着一条闪亮的黑色紧身裤，尚塔尔·托马斯[5]风，有点怪怪的。父亲看着女儿的腿，反复说着："拉一下你的裙子，你穿条裙子有什么用呢？"她的母亲，穿着一点也不花哨，装作没听见。

4月8日

共同物业会议。人们谈论着楼梯间、地下室云云。任何涉及的问题都会成为人们展示他们学识（"必须在某个地方安装电表"）或是穿插一条逸闻（"在我以前

住的楼里")、一则趣事("有一天,四楼的房客")的
机会。叙事是一种存在的需要。

自塞尔吉的大学开学以来,晚上可以看到学生们
在欧尚[6]购物。他们站在收银台那边,从某个可笑的
距离就能辨认出来。他们并不需要互相打招呼就自发
地聚在一起,这些人对整天在课堂或大学食堂见面习
以为常。这是一些(地点、时间、兴趣相同的)"习惯
性"群体,关系牢固而短暂。

4月13日

在驶向塞尔吉的区域快铁上,一个亚洲女人在织
毛衣,一张纸样摊在膝盖上。看起来很复杂,不同颜
色的三个羊毛线团垂在纸样上,她依序取用着不同颜
色的毛线。我在读《世界报》,一篇关于发生在波斯
尼亚的事件[7]的文章。关于这场战争,我所关心的并

不比她所关心的更有用。十八年前，我大概以同样的方式阅读过一篇关于船民[8]的文章，她可能是其中的一员。列车快到孔弗兰站时，她掏出一个有剪刀功能的钥匙环，剪断毛线，把线团和织物收进包里，起身下车。

4月17日

马赛飞巴黎的航班。靠舷窗的女人穿着一身淡紫色的裤套装，衬衣的颜色是更浅淡的紫色，一个镀金的黑色小手提包，鞋子很搭配。她不看书。她开始仔细地修剪自己的指甲。稍后，她照照镜子。有好几次，她打开又合上她的包，在找什么东西，或者并没找东西。当空姐推着饮品推车经过时，她要了些香槟，付了钱，慢慢地喝着，眼睛盯着前方。女人很快将见到她的男人，她买香槟来喝，为了使等待的幸福更完美。她在庆祝等待本身。

飞机着陆前，她再次照照镜子，修正妆容。好像我就是她一样。

晚上，中央市场站，一个黑人挥着一种钹，另一个在敲鼓，第三个在唱歌。一个醉醺醺的白人在他们旁边跳舞，裤腰带上别着一个洋娃娃。四周围满游客。我想起十六岁时的梦想——去哈林区[9]生活，因为爵士乐。

5月11日

在宝纳努维勒站[10]附近，一个三十来岁的大胖子叫住我。我问他要干什么。他指给我看一个阔口杯："讨点儿饭钱。"我笑着提醒他，说他看上去很健康。他从口袋里掏出一本瘦身疗养院的折叠册子，他本该去那里减肥，但社保不负担他这个费用。我们讨论着，他在说他的处境，我在说我满足所有这类要求的困难。

他手里拿着一份广告小报和一个小标语牌。他小心翼翼地把报纸摊在通往地铁的台阶上，坐下来，摆上标语牌和杯子。他说，"我向您发誓我不喝酒"，然后凑近我："再说，如果我喝酒，您会闻到酒味儿，酒精的味儿。"还说："那会到哪儿都没尊严的。"

5月18日

奥斯曼大街春天百货伊夫·圣洛兰品牌筒袜和裤袜的货架，女售货员不在。货架的另一端，一个女人在翻弄着袋装筒袜。很快，她塞了一袋在包里，朝香水专柜走去。我突然明白，她刚刚偷了一条裤袜。我并不是专门观察她，应该是她那一连串出乎意料的反常行为——把东西塞进包里，而不是拿着东西走向收银台——无意中引起了我的注意。

我想象着那个女人极度兴奋的感觉。

5 月 20 日

三泉[11]的"让-克劳德·蒙德勒"[12]鞋店橱窗拉着栅栏，一个广告牌写着："彻底清仓关门"。我第一次来到这个新城的时候，这家商店叫"2 米空间"。我试着回忆我在这里买的每双鞋。

商业中心每个店铺的消失都意味着一部分自我的死亡，那个最饥渴的部分。

5 月 21 日

在驶向丹佛站的区域快铁上，一个没有化妆的女人坐在她儿子的对面，那是一个即将进入青少年期的男孩。她正在读一份女性报纸。他晃着腿，把头藏在书包后面，所有迹象都表明他对自己的身体不知所措。他在说话，问他妈妈问题。她没有回答。她读的那篇文章的题目是《年龄不再是爱情的障碍》。

5 月 22 日

在斯特拉斯堡一家高评分的红酒吧[13]——"伊冯家"[14]的餐厅里，餐桌挨挨挤挤地摆放着，一派宾至如归的假象。一对夫妇，五十来岁。他们拿出《高特和米鲁》[15]，点了一道指南推荐的"水晶肴肉"[16]。在等菜的时候，他们说他们来自巴黎大区，趁耶稣升天节的漫长周末，沿葡萄酒之路[17]走一趟。他们微微笑着。菜一上来，他们就只在点评他们正在吃的东西时才说话。或许他们中午和晚上都会这样，在《高特和米鲁》的指引下逐个完成计划。对于他们，美食指南已经取代了《性爱技巧》手册，如果他们读过的话。

5 月 28 日

关掉电视前，我像往常一样正把所有频道切换一遍，突然看到屏幕上出现一张光滑而美丽的脸，是一张非常年轻的女孩的脸。她说："我父亲在我十二岁时强暴了我。"离开那张脸是不可能的。她平静地继续讲述——母亲每天都服用安眠药入睡，父亲偷偷溜进孩子的房间——主持人用审慎的提问从旁协助。主持人是一个成熟的男人，花白的头发，好父亲的形象，扮演着知己的角色。稍后，母亲出来了，脸上表情痛不欲生，眼泪一触即发。然后是祖母，一个强势的女人，为她正在监狱服刑的强奸犯儿子辩护，说他"哭得像个孩子"。

下一幕转到那个村庄。演播厅现场的村民指责年轻女孩与她父亲串通一气，甚至是她卖弄风骚。那个女孩，高高的额头，像一位直面愤怒人群的古代女英雄。

第三幕。一些心理医生和一位律师上场，他们来解释和解决争端。1.父亲强暴他的女儿，因为他在童年时被一个家里人强暴；2.小女孩处在被控制的情况下，只能接受强暴；3.村民们错在把孩子看成一个能负责任的女人，因为她和一个男人上床了。

母亲哭了，祖母也哭了。演出结束。但情感没有得到净化。演员们刚刚被要求表演一遍他们的生活，现在带着疮疤揭开后更偏执的心念和更强烈的仇恨回去了。

奇怪的感受：这个"现实"，因为表演，变得不真实。也就是说，人的真实性、故事的真实性没被触及。这里面有某种确定的、惊人的东西，那就是乱伦对所有参与者的吸引力，以及置受害者、那美丽的年轻女孩于死地的渴望。

后来，我想，会有越来越多的真人秀，虚构会消失。然后，人们不再能忍受这种表演出来的现实，虚构还会回来。

5月29日

佛罗伦萨，乌菲齐美术馆[18]爆炸案。五人死亡，画作被毁，其中有一幅是乔托的。呼声一致：损失不可估量，无法弥补。说的不是关于死去的男人、女人和一个婴孩，而是关于绘画。艺术因而比生命更重要，15世纪的圣母像比孩子的身体和呼吸更重要。是因为圣母像已经跨越几个世纪，数以百万计的博物馆参观者仍然乐意看到它，而被杀的孩子只是极少数人的快乐，无论如何，总有一天他会死，不是吗？但艺术并不是高于人类的东西。在乔托的圣母像里，有他遇到过、抚摸过的女人的肉体。在一个孩子的死和他的油画被毁之间，他会选择什么呢？答案不确定。或许是他的画。由此可见艺术黑暗的部分。

6 月 17 日

欧尚超市，晚上9点，人们在收银台前等候结账。一个红头发的家伙，不停地在对那些用支票或银行卡付款的人嘟嘟囔囔着，"他们就不能随身带钱？！"他激动地说："要是他们像我一样凌晨四点起床！"他把一个1.5升塑料桶装的红酒放在传送带上。这个场景在越来越干净和体面的三泉商业中心里显得很不协调。就像在地铁里遇到乞讨的人，人们都扭头看向别处。

今天，当我第一次使用学术性词汇"同上"（item）时，总有这种弄虚作假的感觉。

6 月 29 日

八点钟，太阳已经炙烤着区域快铁的玻璃车窗。

列车经过瓦兹附近广阔无边的沙丘。人行天桥那边，一家小型餐旅馆，外观古旧。大约十年前被夷为平地的楠泰尔老贫民窟的旧址上，有一个吉卜赛人的营地。

天气炎热，男人们肆无忌惮地盯着女人们看，好像在这阳光下，强烈的晨勃还无法平静，列车的车厢就是一张大床。

7月6日

在三泉商业中心，一家影音店取代了"跑运"专卖店[19]，后者搬到达提[20]电器店附近。原来"利穆赞公牛"生肉铺的位置，现在有一家亚洲餐馆——售卖（味道难闻的）水产、意大利食品——（味道香浓的）奶酪，一家兼售报刊的香烟店。超级市场的两层楼里入驻有乐都特[21]、麦当劳、艾格[22]等。莎玛丽丹[23]换成了欧尚，布利科姆[24]变成了乐视坊[25]——一种当着顾客面在柜台后制造眼镜的工厂。罗迪耶[26]、科里斯·萨洛梅[27]、蔻凯[28]都消失了。有几家非常古老的店铺还在：埃拉姆[29]、拔佳[30]、安德烈[31]、菲勒达尔[32]毛线毛袜店，胜家[33]"诚友"[34]缝纫机店。

时间流逝的感觉不是来自我们自身。它来自外部，来自成长中的孩子，来自搬离的邻居，来自那些变老和死去的人；来自那些倒闭的面包店——如今被驾校或电视机维修店取代；来自那被搬移至超市尽头的奶酪柜台——店名已从"良心价"[35]变更为"领导价"[36]。

7月12日

年轻的音乐家们北上来到萨特鲁维尔。他们演唱《人群》《我的情人圣约翰》，还有一些区域快铁和新城出现之前的歌曲。我给了他们10法郎，好像我给出的对象是一些微不足道的侧影和脸庞。同样的手势可为快乐或同情买单。

歌曲把生活变成小说，把人们经历的事变得遥远而美丽。后来听到这些歌曲产生的痛苦正是来自这种美。

在雷蒙·德帕东[37]关于威尼斯圣克莱门特岛精神病院的影片中，我们看到一个男人趴在桌子上。他把一台半导体收音机贴紧耳朵，很用力地收听一首歌曲。这是一首意大利歌曲，它让人想起一个市集日、一场露天舞会和失去的恋情。男人听着听着，哭了起来。

8 月 3 日

欧尚收银台前缓慢移动的队列里，有一位带着小女孩的年轻的母亲。她大声地评论着孩子的行为："别到处走！你的裙子能把整个地板擦一遍了！"并呵斥一声："待在这儿！"她给孩子描述即将做的事："我们一会儿回家要热些水来洗碗。你知道今天早上没有热水，妈妈不得不用冷水冲凉。"如此等等。小女孩几乎没在听，漫不经心地重复着"冷水冲凉"，好像她知道她母亲在这儿说话是为了出风头。

在她们母女身后，是一位母亲和几个十来岁的孩子，他们很稳重，笑起来很克制，举止很有分寸。他们在说什么完全听不见。他们采购的货物依次被集中摆放到收银台上：漂亮的笔记本、印有尚飞扬[38]标志的学生用品、基础食物——超高温杀菌牛奶、酸奶、能多益[39]巧克力酱、意大利面——既没蔬菜也没肉类，菜和肉大概是在专卖店采购。那是一个中产家庭，并不需要"引人注意"就能让人感受一种无形的实力。

8月12日

人们冲向通往奥伯站台的自动扶梯。扶梯滚动着，上面挤满了人。人们有时间看向下面。沿着蓝色的墙根，一对夫妇紧紧搂着对方，互相拥吻着。两个人都四十多岁的年纪。列车进站的轰鸣声响起。男人和女人分开，向火车跑去。他们刚才站的地方，去年的一个晚上，大约午夜时分，我和 F 曾站在那里。和那个女人一样，我也背靠着墙。自动扶梯没完没了地向下滚动着，上面空无一人，咔哒咔哒响个不停。

8 月 13 日

"未来秘书处"[40]的复印室里，女技术员正为一个非洲人复印东西。一个年轻女孩和两位成年女性站在一旁，她们在交头接耳地低语，脸上带着令人吃惊的一模一样的微笑，看上去像永远不会消失。轮到她们了。她们想印制婚礼菜单。年轻女孩递过去预备好的款式，女技术员看了一遍，面无表情地说："托卡伊[41]，是放在同一条线的上面还是下面？"她们要求拿来不同类型和大小的纸张进行比较，看了很久。那两位像是母亲和教母的女人让女孩——未来的新娘做选择，然后再三问她："你喜欢吗？"三人融合成一个甜蜜的、梦的整体，像一个世纪前的人们在等待和准备着"大喜的日子"。

8月16日

在区域快铁附近的新城，一个身着浅棕色褶皱短裙和米色衬衫的黑人妇女，戴着圆顶礼帽，一身贵格会教徒的打扮。一个女孩依在可以俯瞰下面车道的路边水泥围栏上，天气炎热，但她穿着牛仔裤和防风衫，神情茫然。一位母亲带着三个小女孩，有一个拎着叶材花束。一个白人男子，五十来岁，穿着短袖衬衫，背包在肩，健步如飞。一帮年轻男女，相同的着装，黑长裤和白衬衫（是什么团体还是商店的售货员？），正向区域快铁入口走去。

今天，有几分钟的时间，我试着仔细看我遇到的所有人，所有陌生人。对我而言，通过对他们个人细致的观察，仿佛他们的存在突然变得非常切近，好像我在触摸他们。如果我继续这样的体验，我对世界和对自己的看法会因此彻底改变。或许我不会再有自我。

8 月 17 日

上午 9 点，欧尚超市的入口，几乎空无一人。堆成小山的西红柿、桃子、葡萄一眼望不到头——亮灯的酸奶、奶酪和熟食制品柜台并行排列着，一种奇特的美感。世界的第一个清晨，我站在伊甸园的边上。所有的东西都可以吃，或者说几乎所有的。

尽头，是收银台狭窄的通道。当人们经过时，被散乱地扔在购物车里的东西看上去很小，没有放在超市大量东西里显得那么漂亮，似乎与街角阿拉伯人杂货店快速采购的东西没什么不同。

8月25日

看到蓝色背景牌上写着的巴黎字样时，我正驾车驶向 A15 高速公路，突然间感到满满的惊奇和喜悦。我十五岁第一次在广告牌上看到这个名字，带着各种想象，那时我还从没去过巴黎，这座城市曾是一个梦想。罕有的瞬间，过去的感觉回到现在，与现在叠加在一起。就像做爱的时候，所有过去的男人和现在这个男人合为一体。

8月31日

下午，在图勒兹广场的入口处，一位老妇人靠在墙边。她周围有一群人，很多孩子。她开始慢慢地往前走，很迟钝的样子，一个女人和一个男人分别挽扶在两边。女人冲着身边人群大声嚷了一句："我，我不是护士！"孩子们尖叫着绕着他们跑来跑去。老妇人有点驼背，穿着灰色的衣服，花白的头发，戴着一副眼镜。血从她青肿的鼻子里流出来。她挎着手提包的前臂紧贴着腹部。在带她去医务室的小队人马的簇拥下，她穿过太阳下明晃晃得像竞技场一样空旷的广场。

9月1日

母亲和女儿走在地铁站台上，女儿紧紧抓着母亲的胳膊。这是过去外省女孩们周日在大马路上行走时的姿势，为了在人群以及逗留在电影院前的男孩们面前经过时壮胆。

9月10日

三泉商业中心，上升的自动扶梯上只有一对年轻人。从下面，只能看到男孩的背部。两个人紧紧靠在一起，耳鬓厮磨着。男孩时不时转头看看下面推着小推车的人们。他们仿佛要升入天堂。男孩的衬衫是鲜红色的。

中午。我闭着眼睛坐在客厅里。我听到车辆从楼下潮湿的路面驶过。一辆卡车。我想象着斜坡上的花园，白色的栅栏，街道。我的脑海里浮现一个句子："人们听到车辆驶过时规则的噪声，更长的嘎吱声是轮胎在潮湿的地面上发出的。"我当然不会对这个句子做任何改动，只是习惯性地把世界变成文字。

"我去搭乘**我的**区域快铁。"这是说出人们与经常使用的东西之间的联系和亲密度的方式。**我的区域快铁 A 线**：带我去巴黎，又总是把我带回塞尔吉-省府的同一个车站，我会不假思索地上车，我熟悉所有车站，完全不需要看站牌。在那里，我感觉我属于那条线的用户群体，属于那个匿名的团体，而那条线也是

他们的快铁。

区域快铁 B 线、C 线和 D 线（包括驶向高端郊区、勒佩克、圣日尔曼昂莱德的 A 线列车）都不属于我。慢慢地，我感觉自己就是局外人，甚至僭越者。

10 月 28 日

展览公园站上来两个女人。她们面对面坐下来。一个棕色头发、年轻漂亮，另一个金发碧眼，五十多岁，有点儿缩在座位上。从那个年轻女子咄咄逼人的语气判断，应该是一对母女。"你今晚请我们吃饭吗？"母亲犹豫道："不，我们得去……（没听懂说的词）。"女儿得意起来："你看！你不坦诚！你直接说出来就得了！"母亲沉默不语。

女儿继续说："弗朗索瓦丝问我你想要什么生日礼物，一件吊带衫，可以吗？"

——可以，可以。

——我不知道，我可没打算说你想要一套香奈儿套装！（女儿挖苦的笑声。）

母亲试图讨好她的女儿："你真好。"这话引得女儿又爆出一阵讥笑："当然很好了！"

直到北站，极力保持中立语气的母亲所说的每句话都被女儿立马听出了隐藏的意义、真正的意义，即所谓母亲的恶意："你看你就是这样子！"母亲的话成为女儿冷嘲热讽和猛烈攻击的对象。那种猛烈程度，如果不被感觉是不适、烦恼的表现，则令人感到害怕。而她的不适和烦恼，通过对生育她的女人进行轻而易举的不受惩罚的折磨得以释放。

11 月 12 日

区域快铁里响起一个声音："我失业了，我和我的妻子和孩子住在旅馆里，我们每天靠 25 法郎过活。"接下来是关于日常的贫困的叙述，大概每小时用同样的语气重复十次。那个人卖《街灯报》[42]。话语很谦卑,"我不跟您要很多,一点点钱就能帮到我。"他穿过整节车厢。没有人买他的报纸。下车的时候,那人恶狠狠地大声说道:"祝你们今天过得愉快,周末愉快!"没有人抬起头来。穷人的讽刺无足轻重,那不是一种武器,只不过是一种烦恼。

11 月 16 日

《世界报》上的这个标题:"国际战争罪法庭没有得到真正的政治意愿的支持。"

有 4 万份关于波斯尼亚暴行的文件。"已经登记了 400 个集中营和拘留营,98 个万人坑,里面有近 3000 具尸体,还有 3000 名强奸受害者。"但巴西奥尼先生[43]表示:"证据遗失的风险会随着时间推移而增加。证据的遗失是我们最关心的问题之一。"

写下这个内容,以及我这里所写的,作为证据。

11 月 21 日

笔会图书展，设在电台之家的主厅。貂皮大衣，珠宝首饰，女人们的外表全都千篇一律，都是"装嫩的老人"模样：瘦削、干瘪，稀薄的金发，漂亮的牙齿和皱巴巴的脸。"亲爱的朋友，谢谢你的捧场。"那位创作异国情调小说的作家几次起身，将手臂伸向他的书堆上方，彬彬有礼地迎接着他的主顾。据说，笔会的成立是为了帮助那些被囚禁和受迫害的作家。

在星形广场车站的站台上，来了一个小丑，奇瘦，拿着一个小皮公文包。他在站台上来回踱步，手搭凉棚，"我在找我的观众"。候车的人们感到惊讶和尴尬。他放下公文包，掏出一个麦当劳的红色托盘，放在地板上。转眼间，他的腿绕到了脖子上，他用手撑着，沿着站台行走，像一只大甲虫一样在人与人之间迂回穿行，他用既咄咄逼人又善意热情的口吻向人们打着招呼。在一个年轻女孩面前，他大声说："我要跳过它！不，小姐，不是您，是栏杆！"然后他跳到那排座位上。他对一个男人说："诶！你从来没有这样做过爱吧！"渐渐地，人们的神情不再僵硬，他们转动的身体也随着站台小丑盘绕的动作松弛下来。只听见他在说话，他的声音在周末半空旷的车站里回响着。这是一只在地上蠕动的大虫子。他突然展开身体，掏出一把假枪，逼着人们给他钱。人们笑了。这是喜是悲，很难说得清。

11 月 22 日

上午，法国国际广播电台：

在米卢斯一个工人街区的制造街，有 6 个人死亡，包括 3 个少年和 1 个小女孩：土耳其人，他们住在阁楼上。一个烧木头的炉子似乎是起火的原因。

两个无家可归者死于严寒，一个在伊夫林省的穆罗，另一个在拉罗什尔。

对总理来说，"经济似乎重新回暖"。

欢迎来到罗纳–普朗克的世界。135 法郎，成为股东，等等（男声，充满暗示）。

您的工作对您来说是最重要的事情。为什么感染艾滋病的人就该与您不同？（男声，阳刚而有说服力。）

11 月 25 日

下午时分，圣日耳曼大道上冷冷清清。在下午的时候，自圣米歇尔大街出现了打着白色横幅的第一批示威者。林荫道上的商店都放下了闸门。运河 127 号，一家一直开门的时尚精品店，也匆匆放下了闸门。店员们仍然站在闸门后面稍远一些的地方，穿着精致的服装，注视着统一穿着高中制服——牛仔裤和夹克衫的人群前行。

11 月 27 日

女声："您喜欢被关心，被爱。为什么感染艾滋病的人就和您不同呢？您可以亲吻他，和他一起去饭店用餐，等等。"道德宣教一点一点地来自广播。

12 月 1 日

"艾滋病日"。全世界有 1400 万艾滋病毒感染者。在巴黎，几乎所有的艾滋病患者死后都被火化，就像过去的瘟疫患者一样。

避孕套的价格在所有药店都是 1 法郎。促销价。但购买地点并不鼓励人买：总是有人穿着白衬衫站在柜台的另一边。问"您想要什么？"回答"两个避孕套"，就像在药店里当着每个人的面承认我们要做爱。只有自动售货机可以让人免除尴尬。

1994 年

2 月 6 日

今天，礼拜日，一枚迫击炮弹落在萨拉热窝的中央集市广场。62 人死亡，200 多人受伤。

没有办法叙述或描述这些，即使是以愤慨的方式。唯一要做的就是让法国和欧洲的所有民众聚集到广场上，要求政府解决冲突。如果我们不这样做，那是因为这场战争和萨拉热窝市场上这些死去的孩子对我们来说不如彩票、电视上的晚间电影那么重要，他们只是一种悲惨的背景噪声。"羞耻感让我们窒息，"一些知识分子高呼。他们错了，遥远的现实并不让人感到可耻。

2月8日

晚上，夏特莱-中央市场站。一个卖《世界报》的人发疯似地在站台上来回大步走着，神情很坚定，或者说很绝望，用单调的语气说着"《世界报》，买份《世界报》吧"，在各种陌生的话语中，这成为一个主旋律。

一个弹着吉他的非洲人用法语唱了一段很长的悲歌，讲述他在马里的童年、母亲、小屋、传统。一个白人妇女为他伴奏，也是用吉他，但她没有唱歌。人们一点一点地聚集在他们周围，被音乐所吸引，被那些关于过去的话语所吸引，这个过去与他们大多数人无关，却向他们述说着童年，述说着失去的家园。

在区域快铁上，一个人正在读报，上面有七个大字：**透明裤袜回来了。**

3 月 18 日

在中央市场站的自动扶梯顶端，一个人正在乞讨。他把从膝盖处截断的残肢从他的裤腿里稍微露出来。它们看起来就像两个巨型性器的末端。

在蒙帕纳斯车站，一架看不见的手风琴在演奏《又到铃兰花开季》，然后是《瑟堡的雨伞》的曲子。在一条通道的拐角处，一队身穿棕色制服的检票员，有四五个，沿墙一字排开，围着一个人严厉地质询。这名男子很年轻，皮肤黝黑，留着马尾式的头发。一种"形势比人强"的沉重的感觉。

现在，街头卖报人感到悲伤和沮丧。这种为无家可归者提供帮助的新鲜感减弱了。这种慈善报纸没人把它们视作"真正的"报纸，售卖这种报纸也不被认为是"真正的"工作，为了缓解贫穷，为了避免让贫穷变得危险，这个措施似乎越来越不值一提。

3月31日

当我穿过花园的小路时，面前出现一个身影。我抬起头。那是一个六十多岁、身材矮胖的女人，穿着简单而暖和。她微笑着说。"很抱歉打扰您，您有没有看到一只大黑猫？我把它交给一个司法人员，可她没看住。"

我告诉她，我昨天只看到一只黑白相间的猫。她待在原地。我建议她去流浪猫的藏身处看看，屋顶下的小阁楼经常是流浪猫的藏身处。到了那边，我问她猫的名字，好召唤它。她温柔地笑了，"我们叫他爷爷"。我没敢喊"爷爷"，只是用拳头敲打阁楼。没有一只猫。我们静静地走回小巷。然后，她吞吞吐吐说：

"有人告诉我，它会自己回来。毕竟，蓬图瓦兹离这里，很远……"我建议她给动物保护协会打电话。"可以打，不过它没有文身标记……"她一直温柔地微笑着，似乎并不想离开。

这真的是春天。所有的树都在开花。

4月18日

奥伯站。两条人行电梯的起始处，一个双腿残缺的人正在乞讨。我想知道是不是中央市场站的那同一个人。当我踏上人行电梯时，我从背后打量他。我似乎看到他的双腿弯曲垫在屁股下面。

4月27日

我在朱利奥特街区的梅松-阿尔弗特又发现了这条长长的街道。我不知道它的名字，它从勒克莱尔将军大道一直延伸到莱昂-布卢姆大道。为了去找 M 医生，我已经走过五六次了。我又看到，在右边，郊区的单栋小楼——有些在我看来一直都无人居住，现在它们的百叶窗都敞开着——在左边，是高楼大厦，巨型的停车场。一台推土机正在铲平公共花园，也许是为了建造更多的高楼。过了税务局，我闻到了常闻的甜味，可能是一家化工企业。在街道的尽头，也就是街道变窄的地方，有更多的小房子，一个城市赛马博彩（PMU）咖啡馆，一个挡风玻璃安装店，一个大门后面关着百叶窗的独栋小楼。人群三三两两——这是一个休息日，天气很好。我开始喜欢上梅松-阿尔弗特的这条街道，它在一个我不了解的郊区。

5 月 5 日

在巴士底站的一条通道上，地板上写着巨大的粉笔字："**给点吃的**"。再往前一点，以同样的方式写着：

"谢谢"。再往前走，跪在通道中间的是写字的人，他伸出的手端着一个杯子。人流在他面前散开，分成两支。我当时在右边那支。

5月17日

法国北部 A 市中学的法语老师，教一个"贫困生"班级，她开着奔驰车，戴着珠宝，围着漂亮的围巾，有着一头金发。正如她所宣称的那样，她出生在工人阶级的环境中，但对学生来说，这并不能改变她现在是一个中产阶级的事实。她在课堂上说的所有反对广告、反对金钱至上的话，相对居伊–莫莱中学门口停着奔驰车的卑污场面显得无能为力。

5月26日

广告牌上再现那位神情严肃的美女，头发向后梳成低的发髻，以微微抬起的方式露出一个乳房，仿佛她正要哺乳。但略微下垂的乳房是一个中年女性的乳房，患有癌症。女人的眼睛与地铁里、街道上、到处出现的其他女性的眼睛交织在一起。

某天，记录张贴在几个地铁站墙壁上的所有海报和口号，为了准确记下想象的现实，瞬间的恐惧和欲望。历史的迹象表明，记忆什么也留不住或认为不值得去保留。

7 月 21 日

我们在亚当岛的森林里，沿着一条又长又直看不到尽头的马道散步。从相反的方向来了三个女人。两个年轻女孩，另一位年纪稍长，也许是她们的母亲，手里拿着树枝。我们问她们这条路通向哪里。"不通向任何地方"，她们说得好像心不在焉，但又立即一起叫起来，用一种得胜的语气说："**有一个暴露狂!**"那可能是一个中年男人，穿着蓝色皮革的羊毛衫，躲在灌木丛中，一路尾随她们。女孩们挥舞着她们为保护自己携带的棍棒。总而言之，从她们的描述来看，那个人似乎没有暴露他的性器。相反，这是一个隐秘的偷窥者，一个午后的阴暗的大森林让他生出无法无天的欲望。三个女人被这近在咫尺的危险激怒了，并且仍因这次森林中的遭遇心神不宁，在那里她们感受到祖先狩猎的场景，雄性兽欲的目光透过叶丛窥伺雌性。

11 月 15 日

欧尚的收银员在给前一位顾客递过去收银小票，从传送带上拿起你的第一件商品时，她们之间会互相打招呼。她们对眼前的顾客视而不见，有时你站在她们对面五分多钟，她们也只在这个时刻好像才发现你，才开始扫码你采购的货物。这种奇怪的、仪式性的视而不见显示出她们只是在遵守一种义务性的礼节。用营销术语来说，我们只存在于用钱交换洗衣粉和酸奶的时刻。

希望不再有什么东西必须要记录，希望不再被这世界上的任何东西、被我所遇到的彼此陌生的人流所吸引，往往是徒劳的。

12月2日

为了在蓬皮杜中心与塔丝丽玛·纳斯林[44]会面，需要携带身份证同时出示邀请函，否则会被禁止进入。手袋也必须打开检查。这种严格的安检似乎逗乐了一众宾客，他们很高兴能暂时获得危险人物的身份。人们在大厅里坐下来，聊天声和笑声持续着。被禁止在结束前离开的规定让很多人兴奋不已，"你饿了吗？你真倒霉！你知道我们被关在里面了！"想象处于危险中的感觉越来越强烈，越来越有滋味。

采访塔丝丽玛·纳斯林的人们到达后，坐在舞台上的一张桌子旁，面向观众。一些法国女作家，一个伊朗女人，两个男人。塔丝丽玛·纳斯林到了，她高大、美丽、安静，穿着孟加拉式的衣服。她坐下来。一个男人蹲在她身后，是她的翻译。第一位发言的女作家用激动的语气告诉塔丝丽玛·纳斯林，在我们周围，在这里的每一个角落，有数以百计的绘画、书籍。塔丝丽玛·纳斯林宣读了一份英文声明，作家莱斯利·卡普兰开始翻译。房间里有人打断了她，猛烈地批评她的翻译，并声明没有必要翻译英文，"每个人都明白"。大厅里的人似乎都同意。我想知道是否只有我一个人不是完全明白。

同桌的男女现在正在问塔丝丽玛·纳斯林关于作家的使命以及写作的问题。她的回答似乎有些错位，也许是因为翻译的原因，答案是商量好的。几名观众也向她发问，问她是否认为有女性写作这种东西。她回答说，女人比男人更善于观察，她们必须找到自己的语言，她不是一个女权主义者，而是一个人文主义者。这是一个仪式，重要的是所有参与者都有参与感。对许多观众来说，他们旨在批评别人提出的问题。也许最好不要打断这个受到死亡威胁的女人的沉思，她像圣母像一样被从一个国家搬到另一个国家，让那些观看她的人觉得自己是在为自由做一些事情。

12月16日

花神咖啡馆，一个男人正在和一个总是表示赞成的女人说话。他响亮而激烈的声音响彻整个露天座位区。他说："我不想一天24小时都听一个女人的话，不想当保护者！"语气更为冲动："我也想成为一个孩子，一个服从于自己冲动的野生动物！"情绪缓和下来，以一种梦幻般的语气说："我想能在我想离开的时候离开。有点像一只猫，你懂吗？"现在谈话落在每个个体都有女性和男性的部分。男人在向他的女友阐述这一理论，好像这是他刚刚发现的一个个人观点。他大声嚷道，和"一个有头脑又有点阳刚之气的女人在一起"非常好。她同意了。

他们交换了电话号码，站起身，走了出去。她很年轻，非常漂亮。他很成熟，很时髦。也许他把自己当成了习惯在这家咖啡馆勾引年轻漂亮女性的萨特。

1995 年

1 月 13 日

那个年轻的金发女人，就是那个不等乘客下车就冲进区域快铁列车车厢的人，正拿着一包薯片坐在我对面。她非常规律地，不慌不忙地把手伸进袋子里，拿出一块薯片，然后把它捏碎。我希望她能尽快吃完。她捏碎薯片时的缓慢和平静使我的心跳加速，我的神经也随之紧张。我当时想，我会杀了她，而这还不够，我可以像那些只服从于自己欲望的青少年一样折磨她，那些人会突然向一个"与他们的脑袋不同"的陌生人举起拳头或舞动刀子。

1月14日

世界上最长寿的女人让娜·卡尔芒下个月将满120 岁。她的医生谈起她，说她对答如流，强调她的活泼和幽默，并讲述她的种种轶事：她在 100 岁时做这个，在 101 岁时做那个。"想想看，有一天，我发现她把灯泡装回她的餐厅吊灯里，而且是站在搁在桌子上的板凳上。"似乎她在生日时收到数百封贺寿信。仿佛这漫长的生命是一件艺术作品。但让娜·卡尔芒所做的不过是以完全漫不经心的方式完成她的遗传命运。

几个世纪以来，西方一直习惯于用大自然、岩石和树木来衡量人类的存续时间，习惯于对着困扰他们的废墟和坟冢苦思冥想。每年夏天，数以百万计的游客来到卢瓦尔河畔的城堡和加尔桥上参观古迹。但没有什么能比得上看到一个活生生的人，一个承载了闻所未闻的岁月的身体的感受。我们想保留这个日渐收缩的身体，像羊皮纸一样坚韧的身体，它与另一个世纪八十年代在阿尔勒的街道上奔跑的小女孩是同一副身体。

1月20日

雅克·加约昨晚受邀参加 Canal+[45] 电视台的"别无他处"[46] 节目。在他周围，主持人和嘉宾们的笑声和猥亵的笑话如雨点般落下。他什么也没说，天真地微笑着。看起来就像善良的天使被扔进了一个放纵的、好色的魔鬼的大锅里。人们想象他在萨德最凶残的城堡里以同样的方式微笑；那样的纯真里有某种令人不安的东西，或有某种被建构出来的东西。

1 月 25 日

眼前是一对夫妇。男的坐在扶手椅里，五十多岁，患有肌肉萎缩症。女的在他旁边，身材矮胖，母性十足。一位医生正在和他们交谈。男的决定当自己病情恶化到无法忍受时，将在医生的帮助下结束生命。在此期间，医生定期到这对夫妇住的小房子看望他们。他们真诚地交谈。

"时候到了"，男的说。协议的实施计划：注射第一针让病人进入睡眠状态，第二针让心脏停止跳动。妻子专注地看着，发表想法。当这一切结束时，她哭了。她取来她丈夫前一天写给她的最后一封信，这几句话花了他六个小时的精力和痛苦。这是发生在荷兰的事。

让人看着难受的场景，因为它简单朴实，充满温情。死亡在这里不再是一种大吵大闹，人不是被从世界中和活着的人中间猛然带走。这件事在眼皮底下静悄悄地进行，医生、女人在观察着注射的效果。还有摄像师，没有相关介绍。这部电影迫使我们想象这样一个世界：在某种程度上，死亡的选择将属于生命计划的一部分，"自杀"将是一个和结婚一样可以设想的选择。

3 月

萨拉热窝的儿童，废墟中的孤儿。有一位叫马里奥。他说："夜里，我梦到我的母亲还活着。"他的便帽压低到眼睛的位置，他微笑着。电视使他看起来闪闪发亮，好像他在一个彩绘大玻璃窗里一样。

5 月 16 日

电视上，一小群人零零散散走在爱丽舍宫前的圣

奥诺雷大街上。男人、女人、孩子们全都手里握着一
朵玫瑰。他们犹疑地、怯生生地进入爱丽舍宫的院子。
达尼埃尔·密特朗出现了，她把他们带到大门的台阶
前。弗朗索瓦·密特朗出现了："不要待在那里，天很
冷。"他一边说着，一边做出接待不期而至的客人的欢
迎姿态。他们慢慢地走进去，手里直立的玫瑰像捧着
的蜡烛。这是弗朗索瓦·密特朗担任共和国总统的最
后一天。

我的泪水涌上来。这位刚才说"不要待在那里"
的人，就像一位外省的老先生站在他家门前。我生命
的十四个年头画上句号。

5 月 20 日

在阿尔玛广场附近，在两条车道之间的中间地带，
一个男人躺在地上，蜷缩着。汽车驶过。一位老太太
横穿一条车道，经过躺着的男人身边，瞥了他一眼，

但没有停步。所以他没有死。

在斯大林格勒站，一捆摇摇晃晃的铺盖上了地铁。在布料中间，是一个阿拉伯老人皱巴巴的脸，他把被褥围在头上和肩上。他看上去像一个丢了大篷车的贝都因人，在斯大林格勒站和巴尔贝斯站之间蹒跚而行。

6月6日

电台广播："共和国总统打电话给鲍里斯·叶利钦。"有几秒钟，还看到弗朗索瓦·密特朗。

同一天晚上，希拉克总统在电视上为一名在萨拉热窝牺牲的联合国保卫部队的士兵致悼词。他在读一个很短的文本，文本分散在多张纸上，他用力地念着每一个字，一边把念完的纸张一页页拿开。在字里行间停顿时，他机械地抬抬眼。他还不知道如何显得感动，这说明他处于两种职业之间，也说明他的演讲稿是由一名秘书写的。这名联保部队的士兵当时二十二岁。

越来越多的无家可归者在兜售《街道》《街灯》等报刊，到处都有，地铁、大卖场门口、雨中红灯处。但汽车不会摇下车窗。这些是"无家可归者的报纸"，不是真正的报纸。

在区域快铁中，一个推销员刚下车，另一个就上了车。"你好，我叫埃里克，我是失业者，如果您愿意帮帮我，就买份《街道》吧。"他们总是声音先行，竭力去打断谈话，让人们抬眼看看。他们的身影或快或慢地穿过车厢，找不找寻别人的目光，取决于疲劳或失望的程度。这是一个戴着眼镜的男孩，身穿防雨衣，尽管天气很热。我有一个儿子，也叫埃里克。

7 月初

缇耶-昂-维克辛小城，14 号国道，红绿灯的街角，一栋大房子的外墙用巨大的字体写着：**戴绿帽**（COCU）。这位匿名作者希望数以百计的驾驶者在红绿灯前停下，阅读这个无耻的标记，这个注定会杀人的曲言法。他拥有无限期更新的、数量众多的观众，隐藏在作品后面，体验一种双重的乐趣。也许这个过去被侮辱的对象就住在这里，他不敢抹去第二天晚上会再次出现的东西。

第一条市长令禁止一些人乞讨和在公共道路上"躺卧"。这事想必会发生。总之，得把这些袒露着懒散的身体的活人藏起来！他们不合时宜地躺卧在一升装的红酒瓶旁，会让坐在咖啡馆露台上看他们的游客反感。

躺卧的姿势，是爱、睡眠和死亡的姿势。遗弃和停摆时间的姿势。否认文明和进步的观点。诱惑。

塞族人已经占领了斯雷布雷尼察、泽帕。由于现在没有人能够想象一场真正的战争，也没有人能够想象当前的集中营，所以大家都愤愤不平，但又都毫不在意。

7 月 26 日

昨天，一枚炸弹在圣米歇尔站的区域列车上爆炸了。当时是晚上五点半。七人死亡，伤者的腿被炸断。这些地下人群密集的地方适合于炸弹袭击，如同洒在蚁穴上的一滴酸性物质。圣米歇尔站所有死者的名字还不清楚。再过一个星期，再过一个月，人们在这个尸体被炸得粉碎的站台上候车，就好像什么都没有发生过。

12 月 24 日

今天，圣诞前夕，我从鱼市回来的路上，在向下通往区域快铁车站的肮脏的台阶上，我给了一个在垃圾袋旁瘫倒的人 10 法郎。一张被贫穷和酒精蹂躏的脸。他身上很难闻。"圣诞快乐。"他喊道。我机械地回答"您也是"。事后，我是那么憎恶自己，以至于为了消除羞耻，我想在他的外套里打滚，亲吻他的手，感受他的气息。

1996 年

1 月初

一个多星期前在英国失踪的十九岁女孩赛琳娜·费加尔的尸体已经被找到。根据尸检结果，她并不是在失踪后立即被杀害的。她被囚禁了几天后才遇害，凶手可能是她在高速公路上拦车搭乘的长途卡车的司机。从她失踪的那一刻到她遇害的那一刻之间的延迟，即她还活着的那几天，是本案中最悲惨的部分。亲人们将会一直记着女孩在英国某个地方希冀得救的那些日子，那时候他们本来可以做点什么。不可能重新回到那个时刻并改变事件的进程，这是生存的可怕之处。在智利、阿根廷、卢旺达的监狱里也都曾有一段时间，男人和女人还活着。

1月11日

下午，在美孚加油站，一个二十多岁的雇员一边拿着 POS 机，一边听着收音机。我是他唯一的顾客。他心不在焉地拿过我的信用卡，插入机器里，嘴角浮起一丝微笑。这是 RTL 电台[47]的"自命不凡者"[48]节目。电台主持人正在对一位女听众说，"那么您会同意我们使用准确的词语吗？我，我不知道，如射-精（é-ja-cu-la-tion）。—是的，是的，但不要过多……"。主持人放声大笑："您说得对，如果太多了，就会到处泛滥。"在场的观众和主持人的同伴都笑起来。我输入了信用卡的密码，在柜台前等待那位雇员撕下发票联。他给我的时候并没看我，很快活的样子，沉迷在比起说工作用语更淫秽的一种享乐中。

1 月 13 日

政治家们以及记者们跟在后面，一会儿说会谈（col'loque），一会儿说峰会（som'met），鼓吹这些空洞的词语，以赋予它们重要性。他们也会给最后一个字母发音，"必须"（il faut）[49]，并强调联诵，"他曾是"（il a toujours-z-été）[50]。这种政治媒体的发音类似于小学教师给学生做听写。希拉克、朱佩和其他人似乎都想教育人民，教他们拼写和正确使用语言。

1 月 19 日

一个有待上演的故事，已经从去年开始。

一双鞋子被放在观众面前的地上，如果可能的话，最好是高帮鞋。一支点燃的香烟被塞进鞋子里，还被特意深深地吸上一大口，以引发大量的烟雾。一双冒着烟的鞋子呈现在观众面前，有人问："这是什么？"观众们犹疑地回答，发问者冷冷地讥笑。于是，有人说："这是萨拉热窝一个等公交的家伙"。这个故事能引得人们哄堂大笑，条件是被搬上舞台：非得让人看到这只冒出旋涡状烟雾的鞋子才成。只消一秒钟，——一枚手榴弹爆炸需要的时间——，人们会看到人的蒸发、废墟，那双鞋子变成了残暴的象征。人们无法不通过欢呼尖叫来忍受这样一种变化。

书写这个故事也许不是铭记波斯尼亚战争的最坏方式。

5 月初

车站大厅朝着地下公交站。凹角处，一家灯火通明的小吃店在出售三明治和饮料。在一个几乎总是出故障的自动扶梯脚下，一些非洲人在卖招贴画，地上放着啤酒罐。不知不觉中，塞尔吉-省府站已经开始与世界上所有人多的车站——马赛、维也纳、布拉迪斯拉发的车站变得相似，只不过是缩小版。在这里，整个下午，有个女孩坐在小吃店的尽头。

车站停车场的墙上，"如果你的孩子们是幸福的，他们就是共产主义者[51]"，等等，这些涂鸦开始褪色。"艾尔莎，我爱你"已经消失了。鲜血涂抹的星形的"阿尔及利亚，我爱你"还在。

5月10日

几个星期以来，老鼠一直住在炉灶后面，一面积累食物——猫粮，一面在灶台上堆放某种淡黄色的羊毛，一个未来的巢穴。炉子一打开，就有一股尿骚味释放出来。它抵制住了我所有让它离开的努力。每天晚上，它都会把我白天取走的食物和羊毛带回来。为了了结这件事，前天晚上，我放了一个捕鼠器。它吞下了奶酪，但没触发机关。这么多的智慧本应得到回报，但我顾不了那么多，再次启动了装置。早上，我发现它被拦腰夹死了，头歪在一边，眼睛睁着。

我把这具小尸体从捕鼠器上拆下来，扔进了垃圾桶。我最后一次清理了灶台下面，拾掇了羊毛和食物的碎屑。我曾一度习惯了它的存在。当我使用炉子时，当我打开厨柜时，当我打开烤箱时，我知道它在那里，它躲在下面，警觉地听着每一个声音，辨识那些声音，完美地适应了在我厨房里的生活。（现在）即使烤箱的高温也不会再吓到它了。我切断了与一个生命体的联系。

6月12日

勒克莱尔超市的蔬菜货架区，一股打翻的雅韦尔水[52]浓烈的气味，就像精液的味道。

8 月

鲍里斯·叶利钦按着宪法宣誓就职。五分钟的仪式。这个世界第二大国的领导人看起来几乎是缄默的，身材发福，脚步踉跄，好像一尊石像站在他的位置。

对于 P 问她为什么玩彩票的模糊谴责，她的母亲回答说："只为了期待点什么。"

12 月 13 日

地铁车厢挤满乘客。一个女人的声音响起来，铿锵有力："请你们有点儿人情味儿吧！"一片静悄悄。一个让人受不了的声音在诉说着她的不幸，指责人们的自私，谴责他们屁股坐得够热乎，等等。没人看她，也没人回应她的愤怒，因为她说的是事实。当她下到站台时，遇到提着一袋袋圣诞礼物的人，她告诉他们，"你们最好把钱给穷人，而不是买这些垃圾"。又是事实。不过，人们不是为了行善而付出，而是为了被爱而付出。给无家可归的人礼物只为了防止他们暴毙，这实在是一个令人难以忍受的想法，他们不会因此而爱我们。

1997 年

1 月 10 日

在夏特莱站，我正要下车，一个女人大声问道："区域快铁的中央市场站不是这里吗？"我告诉她，她可以从夏特莱进去。在站台上，她向相反的方向走去，我向她挥手示意。就在这时，或几秒钟后，从扩音器中传来一条女声播报："**由于……（她犹豫了一下）发生重大火灾，请乘客们下车，到出口去。**"我好像想过，"这事发生在我身上"，"**在那一刻，我在那里**"。我们都向后面的出口走去。扩音器里的女声一直告诉我们要安静地、冷静地走向出口。她的声音在颤抖。在站台的尽头，我准备从圣奥波尔蒂内广场出去的出口被警察挡住了，他们为我们指示另一条通道。通道里满是烟雾。我惊恐地走着，试着屏住呼吸。人群的安静让人印象深刻。我感觉到我的身体已经准备好要冲上去，要把别人推开。过了漫长的几分钟，我才看到外面的情况。人行道上，车站的入口处，停着一辆消防车。聚集在一起的人们问我发生了什么事。我没有回答，我不假思索地沿着里沃利街快步走着，告诉自己，人们不知道夏特莱发生了袭击，死伤者已经被生活所覆盖，就像在圣米歇尔和罗亚尔港站发生的那样。然后，我想起我应该要去歌剧院，所以我必须要坐公交车。慢慢地，我从自己的状态中走了出来，可能没有发生袭击，只是一起灾难。后来，我惊奇地细细思量那个女人——那一个小时里的自己。

1月11日

　　勒克莱尔超市。在收银台，一个满脸青春痘的高个子年轻男人已经把扫过码的货品放进购物车。到了付款的时候，他茫然地越过顾客们的头顶望向店内，表示他在等人，即他的妻子，她可能拿着钱包。大家都在等待，一脸不满的表情。女收银员抓起电话，"有一张货票待付"。稍后，一名员工过来用一把钥匙转动收银机。女收银员转到下一位顾客。年轻人放弃了他的手推车，转回店内，又折回收银台，面无表情地候着那个没有到来的人。女收银员在打下一位顾客的购物单时，一直对他投以敌视的目光。当她完成手头的活儿后，站起身，不加掩饰地去找来一个被人弃置的装得满满的手推车，放在她的旁边，然后坐下来，给我买的货物扫码。年轻人不知所终，消失在货架间，找他的妻子去了。当我付完款，推着我的手推车沿着过道向出口走去时，那个年轻人又出现了，独自一人，脑袋转来转去，始终面无表情，很奇怪。也许他的妻子正在一个摊位上试穿裤子，或者在图书货架前看书。或者她在玩捉迷藏，把他丢在园艺用品和狗粮之间，以此自娱自乐，要么是开玩笑，要么是为了报复他，让他当众受辱。或者她选择在这个时候离开他，带走了钱和车钥匙。或者她只是遇到了另一个男人，他们在快餐馆接吻，在厕所做爱。对现实的解释几乎是无穷无尽的。

2月17日

45%的人希望看到国民阵线的代表进入国民议会。

2月20日

布鲁诺·梅格雷[53]在欧洲第一电台说："我们

的思想正在法国民众中传播，我们不需要有 15 个议员。"

59% 的人赞成《德布雷法》，该法案将使每个移民成为嫌疑人，人们用一点点借口就可以驱逐他们。

2 月 22 日

我们在下午 2 点到达东站，参加反对《德布雷法》[54]的示威游行活动。比起通常的星期六，今天并没有更热闹，但有一大群来自民调机构的调查员正在等待人们走出地铁。"您要游行吗？您想回答这个调查问卷吗？"我们把纸压在一家咖啡馆的玻璃窗上填写答案。我们沿着马根塔大街走到达米莫餐厅，这是一个由反种族歧视组织提供的会面点，与正在示威的电影制作人会面。他们仍在一片喧嚣声中用餐。我们再次出发，回到东站，前往示威作家的集合地，在被驱逐者纪念碑前。那里空无一人。可能是太早了。后来，人们到了，相互拥抱，其中有一个戴着宽边帽的秃头大个子，很有艺术家气质。在车站中间，作家们开始形成紧密靠拢的一组，他们肩并肩，只露出背部。感觉必须使用武力才能使他们松开。第二组也以同样的方式形成。与鸡尾酒会不同，在沙龙里，他们轻松自如地走动；在东站的这个大厅里，作家们则团结在一起，目光注视前方，只对那些被认出是自己人的人们报以热烈的欢呼声并开放他们的圈子。

三点钟，当我们走出车站时，人们已经占领马根塔大街。我们已经看不到站在示威队伍前线的那群作家，我们发现自己处于无名的人群之中。我们所有人都在阳光下，在温和的天气里，在夹道的人群之间走到傍晚六点。在那一刻，唯一的行动就是在那里。在场和身体转变成一种可以改变事物进程的思想。观念存在的证据取决于这种身体的在场或缺席——"几乎没人"或人山人海。

2月28日

区域快铁里响起一个洪亮的声音。"今天，我不卖报了。我以前卖过报，但现在没人对报纸感兴趣了。"这名男子继续数落所有那些上街反对《德布雷法》的人，说没人游行反对失业，"我们只能继续睡大街，饿死街头"。来自底层的声音，又一次说出了现实。他说得很暴力："1789年，人们砍了国王的头；今天，人们可能太胆小了，不敢那么做。"与此同时，我正在批改《唐璜》文本的解析作业。说话的男人比莫里哀时代的农民更贫穷、更不幸。

我没有给他钱。稍后，来了一位手风琴师，演奏达琳达的曲子。我无法抗拒地试图在钱包里找一枚硬币。仿佛快乐更能让人付出，而不是贫困者赤裸裸的目光。

3 月 4 日

在广播中，阿兰·马德兰回答听众的问题，他们说：工资在下降，我的养老金在下降，我没工作了，雷诺公司刚刚裁员。马德兰对他们每个人的回答都是："必须创建一个公司"。他的发音是"创–建（créi-er）"：必须创–建！创–建！以一种对愚钝的人说话的口气。他洋洋得意地呵斥对话者："我听出了你话里的恐惧，先生！"事实上，当人们失业，还有两笔租金欠款和财产被扣押的威胁时，不创建公司是因为极度的胆怯。

有一刻，马德兰用他的出身现身说法，"我父亲是熟练工人，我清楚他的工资单"，仿佛他和过去工人住宅区里的那个小男孩是同一个人。

这番侮辱人和理智的话是一位前部长说的，没人加以干预，揭穿它的轻蔑和欺诈。听众不可能反过来

"侮辱"他，因为有被切断通话的危险，不能问他每月
挣多少钱，住在哪里，他自己"创-建"了什么公司。
媒体又一次将以一种权威的声音说出的荒谬提议变得
合法化。我痛恨这事（这就是我写这几句话的原因）。

3月5日

加布里埃尔·鲁西埃于1969年9月1日自杀，时
年32岁。她曾因爱上她的一名18岁的学生被关进监
狱，那个学生当时还是"未成年人"。卡亚特为此拍摄
了一部电影，由安妮·吉拉尔多饰演加布里埃尔·鲁
西埃，影片名为《为爱而死》，插曲是查尔斯·阿兹纳
武尔的一首歌曲。她不是死于爱情，而是死于对1968
年刚刚动摇的社会根基的侵害。首先是家庭：离异的
她把一名年轻人、一个大学学者的儿子，从他已经被
安排好的未来、学业和中产婚姻中拉出来。她是两个
孩子的母亲，她通过与年轻男子的恋爱来藐视女性的

角色和"最高使命"。然后是学校：作为一名教师，她僭越了教师和学生之间的界限，暴露了他们之间隐藏的欲望关系。最后，正义上场，执行家庭和学校的意愿。加布里埃尔·鲁西埃是 1968 年事件赎罪的牺牲品，一个现代的圣女。

3月7日

雷诺在比利时维尔沃德的工厂关闭导致第一次欧洲罢工。与此同时，股票市场继续"飙升"（图像本身是迷人的，轻盈的，而对于失业者，词汇是沉重的，"受打击""被威胁"）。挑明了说，这意味着一些人会被一笔划掉，为了另一些人，即股东们可以发财。至少，一些人的死亡可以被接受，以便另一些人可以受益。我们看到的是被解雇的工人，但从来没有看到像钱一样隐形的股东。

在古巴，一些儿童把他们的玩具租给另一些儿童。

4月2日

下午，女大学生拉蒂西娅在法国国际广播电台讲了一个小时她的"粉色电话"工作。已婚男人在上班时间打，单身男人在晚上和周末打。在情人节和新年前夕，有特别多的电话拨入，因为他们无法忍受在这些日子里孤身一人。拉蒂西娅让他们以为她是在家里打电话（这使得她可以通过说邮递员在按门铃来缩短通话时长），她做这个是为了快乐而不是为了钱，他们喜欢相信她："你真是个荡妇！"他们尊重他们的妻子，因为她们坚决拒绝鸡奸和口交。他们都很肯定地说，他们的性器在勃起时至少有22厘米，我不知道周长有多少。他们说："听我的那玩意儿说话。"挺好的。

4 月 24 日

文森特·凡·高在一封信中说:"我试图表达现代生活中事物的急速流逝。"

6 月 2 日

在乌尔姆街的高等师范学校,一位四十多岁的捷克教授正在走廊里等待着:他要做一场讲座。他的焦虑是显而易见的。大家走进教室,大约有十个人。他开始读他的讲稿,声音略显颤抖。他穿着一套漂亮的绿色西装,有配套的衬衫和领带。那么多的焦虑,也许还有失眠,为了用一小时把思想散播给十个家伙,其中有几个像往常一样,做笔记的目的只是为了对演讲者发起攻击。对于教授来说,对于在这个炎热的日子里摇摆于兴趣和无聊之间听他讲话的我们来说,这是为知识、为学习作出的牺牲。

6月18日

从婴儿车到坟墓，生活越来越多地在购物中心和电视之间展开。不比过去在田野和晚间聊天或酒馆之间的生活更奇怪、更荒谬。

8月5日

122岁的老妇人，最长寿的人——让娜·卡尔芒去世了。几乎是全国性哀悼。她没有留下任何可以广为传播的证据，甚至没有一本私人日记。她唯一的使命就是超越所有预期，继续活下去。让娜·卡尔芒就是时间的一部分，是时间的化身。

那个我们没有活过的时间。她的存在隐没在我们的记忆、我们父母辈的记忆，甚至我们祖父母辈的记

忆无法企及的地方。她的眼睛看到过一个现在对我们
来说无法再现的世界。维克多·雨果的葬礼时，她十
岁，德雷福斯事件时，她二十岁，而当 1914 年的士兵
们扛着挂着花环的枪出发时，她已是一位成年女性。
根据通常的说法，她"有可能认识"莫泊桑、魏尔伦、
左拉，以及比她年轻的早已离世的普鲁斯特、科莱特、
拉威尔、莫迪里阿尼。人们可以来回移动这位没有故
事的小个子女人的身影，好像她是她所活过的世纪的
所有书页上的一个书签——因为她没有故事，反而更
加容易移动。安然无恙，几乎没有记忆，因为人们倾
向于将本世纪的所有记忆都归功于她，而她只记得
1917 年沙皇一家被暗杀的事件。她只是纯粹的生物性
时间，没有恐惧，不受干扰。

8 月 12 日

在美国 1995 年的热浪中，有几百人死在芝加哥的

贫民区里，那些人往往躲在家里，不敢出门。有111名罹难者无法确认身份，因为他们的尸体没有亲属认领。人们组织了集体葬礼。"用推土机挖出五十多米长的公共墓地又填埋上。既没有墓碑，也没有墓志铭。"（《外交世界》）

9月1日

星期六到星期日的深夜，戴安娜和她的情人死于阿尔玛桥隧道发生的车祸。

戴安娜之死引发大规模的集体情绪，而人们对阿尔及利亚被割喉的几十个人的死亡却无动于衷，两者形成鲜明对比。我们对被谋杀的阿尔及利亚人、对他们的生活一无所知，我们对戴安娜的一切都了如指掌，她不幸的婚姻、她的孩子、她的迷你裙。她有一个人们多年来一直关注的故事，一个许多女性认同的故事：一位公主，但和我们一样。无名的阿尔及利亚人的故事则从他们的死亡开始。无论是他们的人数还是造成死亡的不公平和野蛮行为，都没有激发人们的情感。情感倾向个人故事，倾向一张富有的年轻女性的脸庞。

戴安娜的死除了要我们为命运的不公落泪别无所求。那些被割喉的阿尔及利亚人的死亡则让我们为无所作为感到羞耻。

10 月 24 日

在温哥华机场的书店里，在一摞摞陈列着的畅销书中，有一本关于性高潮的书，由史密斯书业出版。腰封上写着："终极快感点：盲管。"

11 月 7 日

再过三四年就不用法郎了。取而代之，将使用欧元。面对这种消失，不适，甚至痛苦。从童年到现在，我的生活都是以法郎为单位的，一块卡拉梅尔夹心糖：5 个旧法郎，1960 年代一张大学食堂餐票：2 法郎，我的非法堕胎：400 法郎，我的第一份薪水：1800 法郎。在未来不到十年的时间，说"我挣 8000 法郎"的话就足以把我们定位在一个消失的时代，让我们变得不合时宜，就像 19 世纪的贵族们，仍然在用埃居（écu）计价。

11 月 11 日

绝对的安静，我此刻所在的地方，我的家，新城不确定空间中的一个点。感受：通过记忆穿过我周围的地域，描述并界定城市中属于我的真实和想象的空间范围。我一路下去直到瓦兹——那里是杰拉德·菲利普的家——穿过它，飞越讷维尔休闲基地，回到塞尔吉港，掠过埃塞克、图勒兹和马拉达区，经过埃拉尼桥——我到了"生活艺术"综合商场——经由 A15 高速公路返回，改道越过田野，到达圣旺奥蒙、乌托邦影院和莫比松修道院。我从各个方向飞越蓬图瓦兹，向瓦兹河畔的奥维尔前进，爬上教堂的山坡，走向墓地，去到常春藤下凡·高的坟墓边。我沿着瓦兹河从原路返回，并短暂游览奥斯尼。我开始走上通往塞尔吉省府中心的大道：三泉、蓝塔、剧院、音乐学院和图书馆。我沿着区域快铁线和电缆铁塔的骑行路线，来到塞尔吉-圣-克利斯朵夫车站的大钟。我沿着通往观景塔和和平广场柱廊的街道散步，从那里可以看到无限开阔的地平线，背景处是拉德芳斯和埃菲尔铁塔的影子。

第一次，我拥有了我已经走过二十年的空间。

11 月 30 日

他们回到了巴黎东部的郊区小镇。

他们在下午一点钟起床。他们昨晚看完《X档案》和玩完电脑游戏后，三点钟上床睡觉。他们两点钟左右吃了午饭，然后去逛了逛周日开放的"生活艺术"购物中心。他们在商场的书店里呆了很久，买了很多新游戏。

他带来了一些要洗的衣服。我上午踩了"两回缝纫机"，下午熨了他的两件 T 恤和一条牛仔裤，这也是他衣柜里最主要的东西。

这里，我注意到一个时代的标志，没有任何个人的东西：巴黎地区，一个单身女人的星期天，儿子携女友来见她。在二十岁我开始写作时，我很后悔没有努力捕捉这些细节：1960 年代一个女孩在外省父母家的周末，等等，而不是想转录当时的心境。

12 月 13 日

大卫·博纳，把年轻的柏尔人[55]伊马德·布乌德扔进勒阿弗尔船坞的光头党人，他在日记中写道："今天 4 月 18 日，圣帕尔菲日[56]。天气很冷。死亡的疯狂侵袭了我整个人。"

"我们去了沃邦船坞［……］，我们把他扔进水里。他沉了下去。我的嗜血欲望得到了满足［……］。"

"不存在悔恨。我惊奇地发现，悔恨是一种纯粹的虚构。"

这篇日记的节选好像第一人称小说中的段落。但这不是虚构的，它是对真实犯罪后的感受的准确转录，即对伊马德·布乌德犯的罪。最后一句话本身极好极美，我在看到时始终有种错觉。但博纳如果不是杀死一个与他同龄的男孩，仅仅因为后者是一个柏尔人，那他就永远不会有这种感觉，永远不会这么写。

难道只有当写作是虚构时才是"可以接受"的吗？像这里的写作，通过否认悔恨为自己辩护，难道不是加重了罪行吗？结合大卫·博纳的这句话，人们必须做出选择：写作要么处于道德之外，要么一直隶属于道德。

1998 年

2 月 27 日

您想喝咖啡吗？女理发师提议。然后说：那您想看点什么吗？不是指报纸、杂志，而是指一种目的不明确的活动，阅读杂志架上任何印刷品。此外，如果回答"好"，女理发师会拿来第一份送到的报纸。不过，人们可以做另一番推理：以"食物"的方式来理解"阅读"，"读"的东西和"吃"的东西一样。

3 月 25 日

在早晨的区域快铁上，一个女人正在给自己化眼妆，镜子举在鼻子的高度。另一个女人在修剪指甲，然后给指甲上色。她们在一车厢的乘客中细致地、缓慢地完成这些姿势，就像独自在浴室里一样。骄傲的自由，或是炫耀，很难说。她们的双手和眼皮似乎是有别于她们的物体，她们在安然的享受中静静地清洁和涂油。

4 月 2 日

帕蓬被判十年徒刑。我不知道该怎么理解。有人说，"必须放回那个时代考虑，当时的事情并不那么清楚"。这总是意味着与那些在维希或其他地方的办公室里没有什么可担心的人站在一边，而绝不是与那些登上通往奥斯威辛的火车的人站在一边。

4月9日

经济创议权协会[57]的女会长做客法国国际广播电台，这是一个支持私营企业创议的组织。人们一下子听到的，是声音，而不是内容。一种脱离字词的声音，如同在呐伊，一种没说什么内容的声音，一种发出的声音。她不了解每个月 3500 法郎的生活，甚至 1 万法郎的生活。

今天，在欧尚，我第一次没有把不想要的包装好的面包放回原处，太远了。我小心翼翼地把它放在一堆猫砂袋上。我为这样的行为感到羞耻。于是，我想象着数百种产品被遗弃在各处，生肉放在鞋子里，酸奶、甜点放在蔬菜箱里，等等。顾客不再服从超市规定的秩序——拎个篮子或推个推车，顺着货架走，伸

手够物，取下来，放到推车里，或放回货架上，走向
收银台，付款——，而是打开蛋糕盒、香水瓶，到处
吃东西以满足口腹之欲，把所有的货架弄得乱糟糟，
自然不付款就离开。我曾想过为什么这种情况从未
发生。

4月11日

1968年之前的所有年份，童年的黑白回忆。然后
是彩色的。记忆难道不是随着电影和电视从黑白到彩
色的过渡而产生的吗？

4月12日

马扎林娜·潘热正是那种非常聪明的、有教养的
年轻女孩，她认为这些才能自然而然可以让她写出一
本书。于是她就去写了。她把她的小说命名为《第一

部小说》。她用这个标题来强调她的成果，这是我的第一部小说，而不花心思使用唤起欲望或期待的一个词、一句话去吸引读者。标题，也有将一些书与另一些书区别开来的功能，对于晦涩难懂的书来说，这样的标题是好的，但对马扎林娜·潘热来说则不然。然而，她不太相信她的小说的价值，尽管她冒险把小说交给出版商却不说她是弗朗索瓦·密特朗的女儿。《第一部小说》让人联想到"第一场舞会"。四十年前，中产阶级的女孩们期待通过第一场舞会进入世界。现在，她们则是期待通过自己书写的第一部作品，这是一个进步。

4月13日

复活节星期一的这个早晨，区域快铁的车站冷冷清清。讷维尔大学站，指示巴黎方向的站台上，只有一对男女在默默地拥抱着对方，没有任何动作。从火车上往塞尔吉方向望去，只能看到女孩的背影。他则把头埋在她的脖颈里。当快铁列车再次启动时，可以看到女孩的脸，一个戴眼镜的女孩。她在远远地看着自己的前方。那列他俩中的一人不得不乘坐的即将到达的火车，就像世界末日。

5 月 28 日

下午四点钟，在丰特奈-奥-罗斯下车，就像来到一个外省的小火车站。几个乘客迅速在天桥上散开，朝着富人们居住的高地走去。出口处没有水果小贩，没有扎堆的人群。没有外国人。在车站及其周围，一切都很安静，疏远，单纯的交通所在。这里，并不需要车站，它只是一个过客之地。

塞尔吉-省府车站，每天的同一时间，有来自四面八方的人，成群的年轻人，卖草莓和披萨的人。地下车站、公交汽车的味道。生活。

6月2日

清晨七点左右，区域快铁坐满人的车厢里出奇地安静，仿佛人们携带着他们未竟的夜。相比之下，傍晚时分，到处都是震颤，一种漫无目的的能量，无形地搅动空气。一到站，人们就飞速冲出去。从列车底层望出去，能看到齐着车窗奔跑的腿。

6月9日

在十区，巴黎市社会福利办公室位于市政厅的地下室。栅栏门一打开，人们就冲下楼梯，取票，坐等。在接待处，一名工作人员冲着每个人吼叫。一个男人给他出示证件。"这是中文！我不懂中文"，他喊道。他走到坐在一字排开的椅子上等待的人们面前。"有人说中文吗？"没有人回答。这名工作人员回到那个男子跟前，说："没人会说中文。找个会说中文的翻译再来吧。"那个男子站在原地不动。这名工作人员把他推向门口。一个声音从椅子那边传来："等一等，也许他说英语？你说英语吗？"（Do you speak english？）工作人员朝发出声音的方向转过身去，大声吼道："别管闲事！"那个中国人走了。

在同一个房间里，与墙平行的是一排透明塑料材质的办公间，彼此相连。在每个办公间里，都有一个女人坐在一张桌子后面，前面摆着两把椅子。当号码被叫到时，人们会到办公间的门口。女人会让他们坐下，问为什么来，要求提供证件。这就是穷人的忏悔室。

当人们离开时，工作人员小心翼翼地剪掉他负责交接的复印件上涂黑的部分，同时窥伺着新来的人，准备让他们感受一下他的权力和他们的卑下。

这是一个只有穷人才会来的地方，这里甚至连其他人在场的假设都没考虑过。

7 月 10 日

热讷维耶桥，A15 高速公路上，一下子，通往巴黎的路面无限开阔。因为车水马龙，永远无法停下来，看着那些建筑、房屋、埃菲尔铁塔一闪而过，直到最后在右边拉德芳斯的方向，隐入刚刚还在挡风玻璃前以移动的弧线展开的大方石中。

在过去二十年里，科伦布-楠泰尔地区的车道不断变化，人们必须穿过这个地区才能到达讷伊大桥。年复一年，行程从来都是一样的。隐约记得有多条路线，一条绕过拉德芳斯的高楼群，把我们送上悬空的天桥，另一条在楠泰尔大学附近的一座黑色的桥下让我们停很久，还有一条是在隧道开通前，在建筑工地之间蜿蜒穿行。现在，我们走一条环形路线，到达隧道尽头的 A15 高速公路。就好像拉德芳斯和科伦布之间是一个不稳定的区域，车道不断被搬移，在稍远一些的地方，上下车道交织成一个可拆卸和可重装的巨型的空中过山车。这让人寻思在这片移位的、翻转的土地上是否还有人。

7 月 12 日

在三泉的面包蛋糕店，女售货员从厨房端出来一烤架的蛋糕。她只有右手戴着橡胶手套。她把烤架放下，开始用戴手套的那只手和不戴手套的另一只手往橱窗里摆放蛋糕。我琢磨那只手是不是她用来擦屁股的。

（我本来可以只考虑那样不卫生。另一种思考现实的方式。）

7月19日

下午，我去了植物园。那里有花坛，有玫瑰，但有一种不易觉察的荒废的感觉。我想再看看动物园。大乌龟还在那里，圈在围栏里，但离得很远。两头牦牛，一头是成年的，另一头是三个月大的，沿着栅栏斜躺着。一只鹿正在吃铺在水泥地上的食物。在鸟舍里，无数的鸟儿在积水上交错飞行，发出骇人的声音。

再往远去，在黑色的叶簇下有老鹰和秃鹫。其中一只，张开翅膀，红色的头，张着羽冠，以裸露癣的姿态站在那里。地上，死老鼠，开膛破肚。麻雀和椋鸟在鹦鹉笼子里飞进飞出，围着雕塑一般立在枝头哑然无声的鹦鹉打转，叽叽喳喳地啄食着它们的种子。在其他地方，小家鼠们在装着一只看不见的动物的笼子里乱哄哄地窜来窜去；笼子靠着一个土堆，小家鼠从那里蹦出来。

在狮子笼里，挂着夏加尔的画作。一架巨大的钢琴矗立在鸵鸟区的中央。在花园的尽头，出现一些奇怪的小动物，一半是兔子，一半是狗。牌子上写着"巴塔哥尼亚野兔"。一只羊驼在撒尿和拉屎，另一只在看它。第一只羊驼走后，第二只来到同一个地方撒尿和拉屎。那里已经堆积了一堆潮湿的排泄物。天气非常热，四处的味道都很呛人。

这是人们花 30 法郎能进去参观的巴黎最荒凉的地方。

8月4日

上午，在空无一人的欧尚超市里，一种纯粹的幸福感油然而生。我在货架和摊位之间，在丰富的货物中旅行，无需查看我的购物清单，不用操心时间，在这里和那里挑选些食物，就像在花园里一样。

8月10日

R. 在写作中喜欢的是作家的生活：自由，属于另类的、优越的人群的感觉。即使是每天都要撕掉一页的顽强努力，那种别人无法体验的痛苦，也是这种卓越生活的一部分。作品本身，它对人的影响，远没那么重要。

8月16日

蒙帕纳斯公墓，被军事化地分割为不同部分，没有树荫。在入口的左边，是玛格丽特·杜拉斯的坟墓，散落着信件的碎片，一张她十六岁时的照片。天气酷热难耐。灰秃秃的坟墓因时间流逝变得非常相似，根本找不到莫泊桑和波德莱尔的墓碑。只有过去三十年的大理石墓碑可以辨识。所以这里是塞尔日·甘斯布，老老实实地和他的父母葬在一起。在他旁边有一座坟墓，上面只写着名字：克洛德·西蒙。一位日本游客在拍照。也许她不知道，作家克洛德·西蒙并没有死。或者，她想带回去一张有趣的照片。

游客们在墓穴之间徘徊。人们不知道来这里寻找什么。他们所找到的只是石头上的名字。在入口的右边，萨特和波伏瓦葬在一起。她赢得了永生。他们的坟墓上有各种语言的小纸片，一个淡黄色的纪念碑，太明亮了。

9月2日

住在格勒诺布尔附近一个中转营地的三个小女孩，年龄分别为六岁、四岁和两岁，她们钻进一辆被遗弃的轿车。车门关闭。孩子们无法出去，在那里呆了几个小时。当她们被发现时，最小的孩子已经死亡，四岁的孩子处于昏迷状态。这听起来像是春季出版的托尼·莫里森的小说《天堂》的开头。但在这里，由于它是现实事件，没人愿意提及。

9月14日

《世界报》刊登了检察官肯尼斯·斯塔尔关于比尔·克林顿与莫妮卡·莱温斯基关系的报告的部分译文。也许是因为删减的缘故，这段文字类似于一种拙劣的、重复的色情叙事："他摸了她的乳房，解开了她的衣扣，等等。"人们最终会忘记文中的人物是美国总统。这是一个相当普通的故事，讲一个普通的、谨慎的男人，因为害怕艾滋病或害怕被抓到，并没有真正发生性关系。被书写的性爱使这个人变得普通寻常，但却保留了一种魔力，在文字的最后一行才熄灭。

更下流的是克林顿隔天在电视上的形象，他说：

"我犯了罪，我请求宽恕，等等。"

　　莫妮卡·莱温斯基参加过一个反堕胎联盟。她对口交了如指掌，但她对堕胎、对这种经历、对其深度了解多少？

10 月 20 日

　　今天，高中生在游行示威。全都很乖。为了防止坏人、打砸抢分子加入进来，警力被部署在城市地铁站和区域快铁郊区车站。在遥远的野蛮人群和巴黎市中心严肃、整洁的年轻人之间拉起一道隔离线。在塞尔吉-省府站，每个门口都有一个共和国保安部队警察。一名身穿鲜绿色西装的便衣警察在监视着入口。远处站着几个柏尔人。今天，只有白人可以乘坐火车前往巴黎。

10 月 28 日

区域快铁里有三个年轻人在读书,他们无疑是学生,一个在读福柯的《性史》,另外两个在读哲学。一个女人上来,她和她的孩子坐在与他们同排的过道另一侧。孩子正在玩一个玩具,一个能播放猫叫声、铃声、女人的声音和其他声音的手机。三名学生开始不加掩饰地表示他们的恼怒,于是他们突然俯身,牢牢盯住孩子的玩具。母亲是一位黑人妇女,她并没在意他们,——或是没看懂他们的面部表情。这是一个三四岁的孩子,很难保持安静。学生们看上去越来越恼火。他们所读到和学到的关于文化差异和宽容的一切,在这特定时刻,对他们丝毫没有用处。也许,甚至哲学也以思想世界高于现实世界的名义,使他们坚信拥有在阅读时不被打扰的权利。

11月4日

巴黎行政法庭。9名无证件外国人到庭，有的独自一人，有的和律师一起，要求取消他们的省级递解出境令。这是一个美丽的场所，大厅里有天鹅绒长椅。一位年轻的女律师来了，腋下夹着袍子，很快穿上身。还有另外一位女律师。人们进入庭讯厅，里面又大又暗，几乎空荡荡的。庭长还没来。人们等了三刻钟。省长代表坐在那里，五十多岁，绷着脸，文件摊开在她面前。一个非洲家庭，父亲、母亲、五个孩子，已经坐在法庭前。

庭长到了。他一个人远远地坐在庭讯厅尽头。他的脸显得很模糊，房间光线很暗。人们几乎听不到他的声音。那位年轻的女律师为五个孩子的家庭的男人辩护了三分钟。跟他一起生活的女人身份合法，他抚养着她与另一个男人生的四个孩子，以及他俩生的第五个孩子。省长代表沉重地站起身，大致是说这个男人没有任何理由待在法国。

轮到法蒂玛塔·N 的律师了。她飞快地重述一遍她为申诉省级递解出境令起草的辩护词中的论据，然后问庭长我是否可以为法蒂玛塔·N 说几句话。庭长回答："可以，只要别太长。"我走近证人席，试着快速陈述伊丽莎白·法蒂玛塔·N 应该有权在法国合法居住的理由。庭长从远处面无表情地盯着我。我觉得自己在进行一场糟糕的戏剧表演，对任何人都没有影响。省长代表站起身，提出她反对取消省级递解出境令的理由。就此结束，总共 10 分钟。

晚上，我得知上午的申诉全部被驳回了。

11 月 21 日

今天，天气晴朗、酷寒。新闻说图卢兹有一名妇女、巴黎有三名无家可归者被冻死。说"无家可归

它让人想到煤炭、矽肺病、无尽的贫困和饶勒斯[58]，
在一种可怕的隆隆声中，那里面有一个世纪以来受压
迫的人们。这是一首与那个时代的希望、人民阵线的
想象物、与红玫瑰[59]相呼应的歌曲。与此同时，现实
却在无情地推进：失业和裁员、股市投机、贫困。

坐在地铁里的人行通道上，低下头，伸出手。听
着脚步声，看着经过的腿，有放慢脚步的，就有希望。
我会更愿意做什么呢？是乞讨还是卖淫？是公开的羞
耻还是私下的羞耻？我需要用孤独的极端形式来衡量
自己，好像有一种真理，只有以此为代价才能知晓。

1999 年

1 月 1 日

斯特拉斯堡有 50 辆汽车被烧毁，鲁昂 16 辆，勒阿弗尔 8 辆，波尔多和图卢兹也有其他几起同类事件，肇事者是"郊区的年轻人"，根据把这些年轻人和其他年轻人区别开的说法。他们通过放火焚烧社会的崇拜物来庆祝新年。此外，同一天，汽车纵火案夺去 50 个人的性命，而人们却无动于衷。

斯特拉斯堡市政府为"他们"预备了新年庆祝活动，以期让他们保持安静。这是把他们当作不懂被操控的白痴或是极力加以安抚的野生动物。他们因而以野蛮的方式表明，他们可以自由地选择自己的节日。

1月2日

打折季。三泉停车场的所有入口都被排队的汽车堵住了。人们想成为第一个扑向衣服和餐具的人，就像一座被征服的城市里的匪徒一样。过道被人流侵占，有推着童车带着孩子的全家总动员，还有成群结队的女孩。店铺里的狂热。一种无边的贪欲充斥整个空间。

购物中心已经成为本世纪末人们最熟悉的地方，就像过去的教堂。在卡罗尔、富基、鳄鱼店里，人们正在寻找某种帮助他们活下去的东西，寻找帮助他们对抗时间和死亡的东西。

1月5日

蓬图瓦兹医院的牙外科。有三个人手里拿着他们的病历在接待窗口等待。秘书大声地、使劲地给一个好像在这个科室工作过的人打电话，告诉他这样那样的一些消息，叫住一名女护士把听筒递给她，然后又拿回听筒说道，"我得挂了，这儿还有一堆人！"

所有的门都敞开着。那道有两个门扇的门开着，它连接候诊室和通向手术专用区域的大走廊。这条大走廊两边诊室的门也都开着。一阵动静极大的喧闹，护士们从一个诊室到另一个诊室，出出进进，互相打着招呼，开玩笑地说："我现在有空！（意思是没有医生找她）。——哦！好吧，我以为你已经结婚了！"大声笑着。

我被安排坐在一张扶手椅上。正在拆解我手术所需器械包的两个年轻女人中的一个问另一个，她的鞋子是否舒服。"啊，是的！你知道，我膝盖有问题。——韧带？——不是，滑雪受的伤，已经很长时间了。——

我得给自己买双同样的。你在哪里买的?”于是，两分钟后，当外科医生出现在手术室，为我做跟瓣切除术时，女人们却在对鞋子津津乐道。

1月8日

媒体在大谈特谈"城郊的孩子们"，说他们来到一个"安静的"（已暗含矛盾修辞）度假胜地进行冬季运动，但扰乱了暂居此地的普通度假者。人们引用了一个五岁女孩的话，她把女滑雪教练员叫作妓女和荡妇。

仿佛提供了一个决定性的证据，不需要具体说明是什么：粗野，完全不可能像别的孩子一样。在小女孩的嘴里，"妓女和荡妇"的意思无非是高档街区孩子们嘴里的"讨厌和丑恶"。（与人们想暗示的正相反）两者之间没有显示出任何本质上的不同。

1 月 11 日

晚上，搭乘区域快铁线的回程分两个时段。列车驶向拉斐特城堡站，有时甚至到阿谢尔站，这个时段和去程一样，人处在无所待的状态。这段行程时间，人们已安之若素，途中还可以模模糊糊地想事情。在到达目的地前的最后十分钟，另一段时间开启。这时，人们只想着到站。火车有规律的移动，越来越郊区化的景观，广袤无边的田野，相对于内心的时钟，一切显得缓慢起来。在这个时段，人们没什么可想的，都只渴望着走下火车的那一刻，迈上通往出口的台阶的那一刻，穿过旋转闸门的那一刻，渴望着停车场的新鲜空气，汽车。几乎没有清晰的意象，只是本能的冲动朝向一种幸福的形式。每天晚上，相同的十分钟的放空，纯粹的等待。

1月12日

电视在播放一则关于法国北部马康巴勒尔青少年罪犯之家的报道。全都是男孩子，被看管到下午五点，然后一整晚都是自由的。他们不知道做什么好，就在房间里抽大麻，"抽一根大麻，马上就感觉好了"。他们从不谈论学校，仿佛学校从没在他们的生活中存在过。有些孩子不识字。许多孩子不知道应该从笔记本页面的顶部开始写字，他们在中间、底部、到处乱写。他们说，什么都没有玩得开心（毁坏车辆，等等）和不被抓到重要。他们确信，以后他们会觉得自己曾经很好地享受了青春（"如果年轻就是做功课，不乱来，那就不是生活"）。乱来是享受的同义词。他们首先想要的不是财物，而是快感：来自越轨、大麻，等等。而这正是人们看不到的东西，它比萨德的书更可怕，因为它是原始的，没有被概念化，也没有审美距离。

110

1 月 15 日

在塞尔吉火车站的站台上，车站指示牌底部写着"**卡迪奈桥**"。无论慢车还是区域快车在这里都不停。

2 月 15 日

D. 在说塞尔吉的商店，最终说到"高品质"的衣服。他说自己穿的是玛莎百货的羊毛套衫和威斯顿牌皮鞋。他说："我要把我的鳄鱼运动服传给女儿。"他说起自己穿着的品牌就像荣耀的头衔。他不知道，在一个更时尚的世界里，人们不再穿鳄鱼牌了，因为"郊区的年轻人"酷爱这个牌子。告诉他这些可能会深深刺痛他。品牌是一种标志，用以表明人们自认为所在的社会阶层。

者"，是在指一种没有性别的物种，他们背着破旧的包，穿着褪色的衣服，脚步不知所向，没有过去，也没有未来。换句话说，他们不再是正常人。

法国有三千万只狗和猫，在同样的天气里它们绝对不会被留在室外。人们任由男人和女人冻死在街头，也许恰恰因为他们是我们的同类，和我们有着同样的欲望和需求。要忍受我们中间的这部分人太难了！他们脏兮兮的，一无所有的生活让他们变得迟钝呆滞。住在集中营附近的德国人不相信衣衫褴褛的犹太人属于人类。

在最严寒的夜里，一对五十来岁的失业工人夫妻带着一只小狗躲在公墓的厕所里取暖。

12 月

广播里播放着《矿工宿舍》，这首皮埃尔·巴歇莱的歌曲，1981 年人们听得非常多，那一年左派上台。

（记得 S. 有天晚上重新穿戴整齐，用他的斯拉夫口音自豪地列出他重新穿上的每件衣服，切瑞蒂衬衫，迪奥领带，圣罗兰长裤，浪凡腰带，等等，就像中世纪骑士按宗教仪式穿戴起一件件甲胄的配饰，里面却穿着一件白色无袖圆领汗衫和一条不成形的东欧三角裤。）

3 月 24 日

记者给出一项调查的结果：42% 被问到的法国人回答，"阿拉伯人太多了"，并补充说，"种族主义话语习以为常"。"阿拉伯人太多了"是唯一真正被记住的话。如果用"犹太人"代替阿拉伯人，人们就会意识到 1999 年和 1939 年之间并没多大差别。这项调查和它的表述方式不知不觉地使种族主义合法化。在想象之中，某个只是意见的东西变成了真理。

3月26日

这列从巴黎开往蒙塔日的火车每站都停。这一站叫波旁-马洛特。在整一面盲墙上，有一幅褪色的画，上面用巨大的字母写着"**杜本内**"[60]。

火车往前行驶，在一个从车厢窗口看不到名字的车站停下来。沿着站台，是一道由垂直的小水泥条组成的围栏，由水平的水泥条相连接，参差有致；围栏现在灰突突的，看起来像一件古老而脆弱的艺术品。所有法国的站台上都曾经有一道围栏，孩子们爬上去等待火车到来。

没人上下车。

3月27日

北约决定对塞尔维亚人进行"干预"。像往常一样，我觉得我并不清楚正义之所在。于是，我又看到傍晚的贝尔格莱德，大广场和坐满人的咖啡馆，吉卜赛儿童从一张桌子跑到另一张桌子，没人赶他们走。（北约是家长式作派，确信高人一等还是慷慨施与？）贝尔格莱德，黎明时分，公交车川流而过，里面坐着今天面临炮火的人们。但我既没看到关于科索沃人的影像也没有相关的记忆。

4月6日

每天夜里，贝尔格莱德和塞尔维亚的城市上空都会被投下无数枚炸弹。与此同时，塞尔维亚军队悄悄地在科索沃继续着暴行，迫使科索沃平民四处逃亡。在不同的舞台上，奇特的死亡舞蹈编排，纵向的和横向的。可以想象，北约的炸弹将无休止地降落到塞尔维亚人身上，而塞尔维亚士兵将把大批科索沃人推上流亡之路。导弹和塞尔维亚罪犯必定没有可能达成一致。

昨天，复活节的星期一，人们在诺曼底海边的露台上用餐。晚上，在通向巴黎的高速公路上出现了数小时的交通拥堵。我意识到，整个下午我一次都没想过巴尔干战争的问题。这样一种思考的价值和用处是什么呢。

4月10日

巴尔干地区的战争仍在继续，没有引发多少反响或反思，不同于八年前的海湾战争。摧毁和死亡今后似乎是一种不可避免的恶。塞尔维亚人也为我们缺席波斯尼亚的干预而付出代价。这是一场弥补性质的战争。

体会这种感觉，很可怕，大家厌倦了听到和读到相同的事件，北约对塞尔维亚的"打击"，科索沃难民涌入那些三周前我们还不知道名字的城镇：布拉采、波德戈里察，这些名字现在看起来就像圣纳泽尔和尚贝里一样熟悉。无论如何，即便面对一个奇观，熟悉也会让人失去兴趣。

4月13日

星期日，电视节目，北约组织的一个家伙在谈论巴尔干地区的军事行动。他仪表堂堂，非常优雅，外套和领带搭得非常合适。那条漂亮的领带是令人沮丧的细节，是傲慢无礼的标志，表明正在谈论战争的人永远不会是制造战争的人。

感觉自己已经习惯于目睹这场战争带来的所有痛苦。或许相对于桥梁、火车等的破坏，更多是习惯于人类痛苦的场面。

今晚，法国电视二台，知识分子和政治家们就战争问题展开辩论。同一时间，法国电视一台在播放两个爱开玩笑的家伙在向一个脸蛋光洁、光彩夺目的女孩询问三围。"88、65、80"，她一口气回答道。这俩家伙要求她具体说一下。她毫不犹豫，神采飞扬地说："胸围88，腰围65，臀围80"。她是一个顶级模特，她在讲她站在T台上以及走秀时的感受。有一天，她从T台向下扫视坐在观众席上的人，看到让-保罗·高缇耶在对她微笑。那是……她一时词穷。最后，两位极度亢奋的主持人之一提前为我们宣告："请好好记住这个名字：朱莉！她会家喻户晓！"掌声响起。必须承认，这个以美丽和成功为价值的世界，这个让-保罗·高缇耶拥有上帝的微笑的世界，在继续运转。

4月14日

天空飘着雪，国道往来车辆交会的远光灯下，有个人在乞讨。

战争第二十天。提供给被驱逐的科索沃人的包裹源源不断，成千上万的人愿意在家里接待一个家庭。大批科索沃人的逃难令人难以想象：突然的、集体的行动，唯一可归咎的原因是——米洛舍维奇。这是一种不幸，受害者对此既没有任何责任，也求告无门。一出纯粹的悲剧。（阿努伊说过，有了悲剧，人们会平静下来。）女人们戴着围巾，穿着长裙，就像我们过去的农妇一样。

无身份者和无家可归者，失业者，只引发人们的冷漠。这属于一种缓慢的、独特的不幸，有多重原因，但不是为了博人眼球。由此，人们不相信受害者与此无关（**毕竟**，有公寓可以睡，只要好好找工作，也会有活儿干，等等）。这种不幸需要包裹以外的东西。

6 月 18 日

巴尔干地区的战争结束了。电视上关于轰炸事件合法性的激烈辩论、逃难和摧毁的画面似乎属于遥远的过去。因此，这场战争对于我们，在深层意义上，是无足轻重的。

在车站停车场的墙上，现在写着硕大无比的文字：**莱拉我爱你**。

8 月 11 日

中午 12 点 10 分左右，光线开始暗下来。大片大片的阴影在花园的草地上延展开。那是梦想和过去的光。沉默占据了一切。阳台前冷杉树的枝头刚喧闹过一阵，一只松鼠像石头一样从树顶滚下来。紧接着，白夜降临，凉意袭来。下面街道上的路灯亮了起来。这一切似乎持续了很长时间。我不确定我看到的东西，因为我以前从没见过。光线慢慢才回来。

我继续看着黑色月轮移到太阳正面，不断缩小。1点 40 分，月亮走完全程。一种怅然若失的感觉，与我童年时完成一些事情后的感觉一样，看完一部电影，结束海边的一天。一种将我向外抽离的空虚感。

在每个人的心中，在本世纪的最后几个月里，一种奇特的历史感。戏剧即将结束，人们突然发现自己是演员。我们将从地球上经过……

8 月 14 日

拉威尔和科莱特的《孩子和魔法》被延迟播放，

电视三台上还是在播报新闻。主持人说:"自1991年海湾战争以来,我们也许已经忘记,有50万伊拉克儿童因缺医少吃而死亡。"他紧接着,以兴奋的竞价般的语气说:"不过,美国宣布将为伊拉克医院重建提供100万美元。"这样一来,一个伊拉克儿童就被折合为2美元,按汇率换算,是10或12法郎。然后他展示了医院里儿童的照片,他们瘦骨嶙峋,匍匐在围着铁栅栏的小床上。后来,他援引联合国安理会的话说,在该组织受委托分发食品和药品的地区,"只有20%的儿童死亡"。主持人似乎很高兴能为我们提供这么多数字。

然后,发现猫咪的叫声、牧童的牢骚、印度茶壶和英国茶杯的舞蹈、《孩子和魔法》全部的优雅和滑稽,这一切都不合时宜又毫无价值。富裕的西方资产阶级的温情梦想。里面那个女歌手扮演的孩子,脸蛋肥嘟嘟、屁股圆鼓鼓,像是资产阶级漫画化的继承人。

外面的生活什么都要求，大多数艺术作品什么都不要求。

9月1日

它们从西北边、从树木和塞尔吉高地的楼宇后面出现，它们穿越瓦兹河湾开阔的上空，向鲁瓦西机场飞去。它们不知疲倦地撕扯着九月的阳光。

无法阻止的空中交通骚扰：每当隆隆声开始响起，就等待着拖曳的声音从头顶飞过，远去，然后等待下一个，跟着飞机噪声的节奏生活。

有一天，整个天空都会用于"航空"，纵横交错的天路比地面上的道路更嘈杂，被飞机侵占，而这些飞机会碰撞和坠落，每年在上面和下面造成一万人死亡。以一种残酷的冷漠，就像现在面对车祸一样。这就是人和诸神的相似之处。

10 月 28 日

俄罗斯人正在悄悄地消灭车臣人。没有人关心。
这些名字听起来像出自伏尔泰故事里的人们,他们真
的存在吗?人们已经习惯于把俄罗斯的历史事实看成
一种血腥的虚构,里面有冰封的大草原、伏特加、作
为主人公的怪物和干尸或小丑。叶利钦兼具这三种角
色,将这一主题演绎得淋漓尽致;车臣一章与前面的
章节是一脉相承的。俄罗斯之所以不受制裁,隐约因
为它的民族神话处于空间、理性和人性的边缘。

11 月 4 日

在塞尔吉火车站的一面墙上,画着一个穿着蓝色
灯芯绒长裤的男人半曲着双腿,一个身着白绿相间小
方格裙的女人的双腿被夹在其间。女人脸朝外,裙子

上最后几粒纽扣被解开，裸露着大腿。这是一幅70年代末的巴巴酷墙绘[61]，很快就会随着车站的改造被抹去。

裙子上，大概性器的位置，被人泼了红漆，状如一团血迹。

译者注

1. 巴黎全区快速铁路网（RER），下文全部简称"区域快铁"。

2. 迷你柔（Minidou），汉高公司旗下的一种平价衣物柔顺剂品牌。

3. 雷诺（Renaud Séchan），1952年生于巴黎，法国歌手及词曲作家。1993年出演克劳德·贝里（Claude Berri）执导的影片《萌芽》男主角艾蒂安·朗蒂耶（Étienne Lantier）。

4. 维珍（Virgin）是由英国人理查德·布兰森（Richard Branson）创立的全球文化商品营销连锁品牌。1988年，香榭丽舍大街开设第一家大型商场。

5. 尚塔尔·托马斯（Chantal Thomass），法国著名内衣设计师，1975年以自己的名字创建的法国时装品牌。

6. 欧尚（Auchan），法国第二大以零售业为主的商业集团，1961年创建于法国北部的里尔市。

7. 1992年，南斯拉夫联邦共和国解体，波斯尼亚和黑塞哥维那宣告独立。1993年春，波斯尼亚人和克罗地亚人发生激战。

8. 船民（Boat people），20世纪70年代出现的一种法国移民形式，移民主要来自越南、柬埔寨和老挝。

9. 哈林区（Harlem）位于纽约曼哈顿北部，是纽约黑人文化发源地。

10. 宝纳努维勒站（Station Bonne-Nouvelle），法文直译为"好消息"，该站名借自教堂 Notre-Dame-de-Bonne-Nouvelle，用的是《圣经》中"天使报喜"的典故。

11. 让-克劳德·蒙德勒（Jean-Claude Monderer），法国知名家族鞋业品牌，1905 年创建于巴黎。

12. 三泉（Les Trois Fontaines），塞尔吉市的一个商业中心。

13. 红酒吧或葡萄酒吧，此处为德文（Weinstube）。斯特拉斯堡是葡萄酒爱好者的梦想之地。

14. "伊冯家"（Chez Yvonne），斯特拉斯堡最受欢迎的红酒吧之一。

15. 《高特和米鲁》（Gault Millau），继米其林指南之后的法国第二大美食指南。

16. "水晶肴肉"（Presskopf），一种用猪碎肉和肉皮做成的肉冻、肉肚或肉肠。

17. 葡萄酒之路（La Route du vin）指阿尔萨斯葡萄酒之路。它是法国最古老的葡萄酒之路，起始于 1953 年，沿着浮日山的东面向南延伸，全长为 170 公里，涉及 100 个葡萄种植区。

18. 乌菲齐美术馆（Galerie des Offices），世界著名美术馆，位于意大利佛罗伦萨。

19. "跑运"（Go Sport），法国知名体育用品连锁专卖店，属于 Group Go Sport 的一部分，是与迪卡侬齐名的运动品牌商店，主营运动服装、鞋帽和运动器材等。

20. 达提（Darty），法国知名家电零售商，全球第二大零售商 KESA 集团旗下公司。

21. 乐都特（La Redoute），法国多渠道服装和家居装饰零售商。1837 年，由约瑟夫·波莱（Joseph Pollet）创建，是法国奢侈品集团 PPR 集团家庭购物部 Redcats（红猫）集团旗下品牌之一。

22. 艾格（Etam），著名女装品牌，1916 年创建于德国，总部设在巴黎。

23. 莎玛丽丹（La Samaritaine），路易·威登（LVMH）集团旗下百货商店。

24. 布利科姆（Bricogem），专营五金、维修、园艺等工具的店铺，Brico 取自法文 le bricolage（修修补补）。

25. 乐视坊（Grand Optical），Grand Vision（大视野）旗下全球眼镜零售商领导品牌。

26. 罗迪耶（Rodier），法国成衣品牌。该公司于 1852 年由欧仁·罗迪耶（Eugène Rodier）创建。

27. 科里斯·萨洛梅（Coryse Salomé），法国护肤品和化妆品品牌。

28. 蔻凯（Kookaï），法国时装品牌，创建于 1983 年。

29. 埃拉姆（Eram），法国鞋服品牌，创建于 1927 年。

30. 拔佳（Bata），欧洲综合鞋履品牌，1894 年创建于捷克共和国。

31. 安德烈（André），法国国民鞋履品牌，创建于 1896 年。

32. 菲勒达尔（Phildar），法国针织毛线、打样模板及毛衣品牌，创建于 1943 年。

33. 胜家（Singer），美国的缝纫机品牌，1855 年在巴黎设立子公司。

34. "诚友"（L'Ami sincère），胜家缝纫机在法国的品牌名称。

35. "良心价"(Franprix)，食品零售连锁超市，1958 年由让·波（Jean Baud）创建，自 2007 年以来一直属于卡西诺（Casino）集团。

36. "领导价"(Leader Price)，硬折扣食品零售连锁超市，于 1988 年由 Jean Baud 创立。

37. 雷蒙·德帕东（Raymond Depardon），1942 年出生，法国著名摄影师、导演、记者。

38. 尚飞扬（Chevignon），著名的法式空军风时尚品牌，创建于 1979 年。

39. 能多益（Nutella），意大利巧克力厂商费列罗（Ferrero）生产的榛子酱，该品牌创建于 1946 年。

40. "未来秘书处"(Avenir Secrétariat) 是一家法国本土独资企业，主要提供与企业相关的周边服务。

41. 托卡伊（tokay），产自匈牙利托卡伊地区的著名葡萄酒，是世界上三大贵腐酒之一。

42.《街灯报》(Le Réverbère) 是由无家可归者出售的报纸，从 1993 年 8 月开始发行。该报为半月刊，发行量为 10 万份。

43. 谢里夫·巴西奥尼（Cherif Bassiouni），美国德保罗大学的著名法学教授，该校国际人权法研究所所长。

44. 塔丝丽玛·纳斯林（Taslima Nasreen），1962 年生，孟加拉女作家，积极参与捍卫妇女权利的运动。

45. Canal+，法国付费电视台，成立于 1984 年 11 月 4 日。

46. 别无他处（Nulle part ailleurs 或 NPA），法国娱乐电视节目，由阿兰·德·格瑞夫（Alain de Greef）制作，于 1987 年 8 月 31 日至 2001 年 6 月 15 日在 Canal+ 电视台

的免费时段（晚上 6 点半至 8 点半）直播。

47. RTL 电台自 1986 年以来，借助 270 多个发射器，一直在法国本土进行调频广播。

48. "自命不凡者"（Les grosses têtes）：源自一个战争前后的古老的广播节目，名为"难不倒的人"（Les Incollables），由罗贝尔·博韦（Robert Beauvais）主持。该节目包括向一小组嘉宾提出常识性问题，这些嘉宾都是根据他们的幽默感和辩思口才选择的。

49. 法语中，辅音字母在词末一般不发音，这里 il faut 最后的自己 t 原本不发音，这里予以发音。

50. 法语中，联诵是常见的发音现象，会显得语言更优雅流畅。

51. 此处原文为英文且没有标点符号：If your children are happy they are comunists。

52. 雅韦尔水（eau de Javel），一种氧化性液体溶液，经常作为消毒剂和漂白剂使用。

53. 布鲁诺·梅格雷（Brunot Mégret），1949 年生于巴黎，法国高级公务员和政治家，曾是共和国联盟（RPR）的成员，后主政共和国行动委员会（CAR），1980 年加入了国民阵线（FN）。

54.《德布雷法》（la loi Debré）是由法国前国民教育部长米歇尔·德布雷主持制定的一项法案，旨在创建国家与私立学校之间的合同制度，于 1960 年夏天开始实施。

55. 柏尔人（beurs）是（父母移民法国后生下的）第二代马格里布裔年轻人。

56. 圣帕尔菲日（Saint-Parfait）设立在每年的 4 月 18 日，为纪念西班牙科尔多瓦的一名基督教牧师，他于 850 年

4月18日（复活节）被穆斯林杀害，因为他拒绝收回关于穆罕默德的言论。

57. ADIE 是法国经济创议权协会（Association pour le Droit à l'Initiative Économique）的首字母缩略语。

58. 让·饶勒斯（Jean Jaurès，1859—1914），法国社会主义领导者，最早提倡社会民主主义的人物之一，著名的《人道报》的创办者。第一次世界大战临近时，他呼吁遏制战争，被一名民族主义狂热分子所暗杀。

59. 法国社会党的党徽是一个握拳的手和一支红玫瑰，玫瑰红是象征社会党的颜色。

60. 杜本内（Dubonnet），一种法国开胃甜酒。

61. "巴巴酷"（baba cool）：20世纪60年代和70年代，美国青年希望打破预设的社会规范，发起一场名为"嬉皮士"的反主流文化运动。嬉皮士形象后期变得负面以后，"巴巴酷"这个词被采纳以示区别。这个名字的词源来自印度语的"巴巴"和英语的"酷"，分别指"爸爸"和"平静、无忧无虑"。第一代巴巴酷运动正值越战之际，作为非暴力的倡导者，他们的口号是"要做爱，不要战争"。

图书在版编目(CIP)数据

外面的生活/(法)安妮·埃尔诺(Annie Ernaux)
著;马利红译. —上海:上海人民出版社,2023
ISBN 978 - 7 - 208 - 18405 - 3

Ⅰ.①外… Ⅱ.①安…②马… Ⅲ.①日记-作品集
-法国-现代 Ⅳ.①I565.85

中国国家版本馆 CIP 数据核字(2023)第 129340 号

责任编辑　赵　伟
封扉设计　e2 works

封面画作来自朱鑫意的"2020"系列作品

外面的生活

[法]安妮·埃尔诺 著

马利红 译

出　　版　**上海人民出版社**
　　　　　　(201101　上海市闵行区号景路 159 弄 C 座)
发　　行　上海人民出版社发行中心
印　　刷　苏州工业园区美柯乐制版印务有限责任公司
开　　本　787×1092　1/32
印　　张　4.5
插　　页　6
字　　数　52,000
版　　次　2023 年 11 月第 1 版
印　　次　2023 年 11 月第 1 次印刷
ISBN 978 - 7 - 208 - 18405 - 3/I·2098
定　　价　42.00 元

2022 年诺贝尔文学奖"安妮·埃尔诺作品集"

已出版

《一个男人的位置》

《一个女人的故事》

《一个女孩的记忆》

《年轻男人》

《占据》

《羞耻》

《简单的激情》

《写作是一把刀》

《相片之用》

《外面的生活》

《如他们所说的，或什么都不是》

《我走不出我的黑夜》

《看那些灯光，亲爱的》